공감
페이퍼

The
Inspiration
Paper

02
강원상의 두 번째 페이퍼

공감
페이퍼

02

강원상의 두 번째 페이퍼

문학공감

작가란 이름

가수는 목소리로 마음을 전달합니다.
화가는 붓으로 마음을 전달합니다.
작가는 펜으로 마음을 전달합니다.

도구의 차이만 있을 뿐 그들이 하려는 것은 결국 마음의 전달이 아닐까요.

글을 쓰고 있다면 누구나 작가의 자격을 가진다고 생각했습니다.
누구나 도전하며 펜을 잡을 순 있겠지만
누구나 인정받는 작가가 될 수는 없다는 걸 알았습니다.
그리고 가장 중요한 것은 당시 인정받았던 작가가 후세엔 혹평을 받기도 합니다.

그 좋아하던 서정주 시인의 '국화 옆에서'를 덮어버리고
몇 번을 곱씹어 읽었던 윤동주 시인의 '서시'를 읊어봅니다.

작가란 누구인가에 대해 생각해봅니다.
작가란 어떤 글을 써야 하는지 생각해봅니다.
작가란 어떤 사람이 되어야만 하는지 생각해봅니다.
그렇게 작가의 자격에 대해 스스로 반성해봅니다.

2016. 04. 16.
올해도 어김없이
304개의 별을 위해 비를 뿌리는 밤에.

사랑 공감_ 사랑은 문신이다
직장인 공감_ 어느 30대 이야기
성인 공감_ 우리들이 사는 세상
개인 공감_ 조금은 다양하게

사랑 공감_ 사랑은 문신이다

개인 공감_ 조금은 다양하게

1

사랑 공감, 사랑은 문신이다

Do you love me enough that I may be weak with you?
Everyone loves strength,
but do you love me for weakness?
That is the real test.

—알랭 드 보통(Alain de Botton), 《나는 너를 사랑하는가》 중에서

봄

그대 봄처럼 다가와 안겨라.
온몸의 잠들던 장기들까지 설레게 한 당신이란 봄.

그대 봄처럼 따사로워라.
결빙(結氷)된 내 얼굴에 웃음이란 꽃 피운 당신이란 봄.

어느새 그대란 '봄'이 찾아와.
척박한 내 가슴에 '설렘'이란 꽃을 피우려 한다.

인연과 관계

인연은 다시 만날 사람이고
관계는 다시 만나야 하는 사람이다.

인연은 스쳐도 다시 만날 것 같은 사람이고
관계는 스치면 다신 못 만날 것 같은 사람이다.

우린 떠나면 인연이 아니라 하며,
관계에서 멀어지면 '남'이라 한다.

독서

누군가를 좋아한다는 건 독서와도 같다.

책을 살 때의 설렘.
책을 읽어가는 알아감.
책을 이해 못 하는 답답함.
책을 다 읽은 만족감.

그리고 다시 펼쳐보지 않는 안일함.

6분 전 1시

이별이 언젠가는 올 것을 알면서도 사랑이 보고픈 건
1시가 곧 올 줄 알면서도 6분이나 남았다는 것과 같다.

그 1시는 무조건 오는 시간이며,
남은 6분을 어떻게 보낼까가 중요했다.

이별은 반드시 온다.
다만 사랑의 질은 그 6분을 대하는 너와 나의 태도가 결정했다.

그녀의 손

그녀의 손을 잡기까지 많은 도움이 필요했다.
해가 급히 피신해야 했고,
별빛이 바람에 흔들려야 했고,
가로등이 제 몫을 다해야 했다.

그녀의 손을 잡는다는 것은
그녀의 체온을 처음 느낀 것이며
그녀 동맥의 떨림을 느낀 것이며
그녀 눈동자의 흔들림을 본 것이며
그녀의 숨소리가 불규칙해짐을 들은 것이다.

그녀의 손을 다시 잡지 못한다는 것은
정작 나의 맘을 다시 잡지 못함이고,
이별이란 단어를 움켜잡고 추억들이 새어나간 씁쓸함이다.

용기

심지어 도둑도 감방 갈 용기로 남의 물건을 훔치는데

너란 사람의 마음을 훔치려면 내 목숨까지는 걸어야지.

아무거나

뭐 먹고 싶어?
"아무거나."

어디 가고 싶어?
"아무 데나."

어떤 영화 볼까?
"아무거나."

문득 두려워졌다.
'혹시, 아무나 만나고 있니, 너?'

그런 사람

주말 같은 사람이 있다.
보고 싶고, 시간마저 빨리 지나가는.

월요일 같은 사람이 있다.
다신 돌아오지 않길 바라는.

분명한 건 내가 거부해도 월요일은 온다는 것.
그리고 반드시 주말도 날 찾아온다는 것.

내가 할 수 있는 것은 그런 사람을 기다리기보다 주말 같은 사람이 되어가는 것.
그래서 누군가의 주말이 되어주는 것.

주말 같은
사람이 있다
보고 싶고
시간도 맞춰
빨리 지나가는

월요일 같은 사람이 있다
다시
돌아오길
앞을 바라는

커빈강님의 글 그런사람

지운다

언젠가 당신 때문에 심장이 뛴 적이 있었다.
당신을 만나기 위해 새 옷을 사러 가기도 했었다.
당신의 한마디를 놓치지 않으려 내 모든 시간을 멈추기도 했다.

짧아진 답장들과 질문 없는 대화 속에 나를 바라본 뒤 깨달았다.
당신은 나를 좋아하지 않는다고.

앞에 있던 사과가 무슨 맛인지 궁금하니 한 입 베어 문다.
그러다 본인 입맛이 아니다 싶으니 조용히 집었던 사과를 내려놓는다.
반쯤 잘려나간 그 사과의 생존은 중요치 않다.
그런 것이었다. 원래 그런 사람이었던 것이다.

반면 좋아하는 사람 입장에서는 반쯤 날아가도 될 만큼 당신이 소중했던 것이다.

슬프지만 그 씹다 버린 반쪽은 가장 먼저 썩는다.
그러니 하루빨리 어리석은 기다림 말고 도려내야 한다.

정작 베어 물은 사람은 모른다.
본인이 사과가 되기 전까지 그 썩어감의 아픔을 절대 모른다.

외면

Out of sight, out of mind.
눈에서 멀어지면, 마음에서 멀어진다.

Out of mind, out of sight.
마음에서 멀어지면, 눈에서 멀어진다.

첫 번째는 사랑하는 사람과의 '거리'를 말했다면
두 번째는 사랑하는 사람의 '마음'을 말한 것이다.

굳이 고르라면, 두 번째가 더 슬픈 것이 아닐까.
내가 바로 앞에 있음에도 나를 바라보지 않는 버려짐.

한때 당신의 베스트셀러였던 내가
이제는 수많은 책들이 꽂힌 책장에 함께 꽂혀진 것.

하려거든

사랑을 해본 사람은 시작부터 이별을 극복하던 패턴을 알게 된다.

사랑의 갈망이 커지는 것이 두려워
혼자라는 외로움이 당장 싫어서
가슴 아픈 이별만은 피하겠다고
발만 담근 채 수영을 하려 한다.

한데 가장 중요한 걸 잊고 있다.
수영을 하려거든 물을 무서워 말고
사랑을 하려거든 이별을 무서워 말아야 한다.

우리가 언제 배가 꺼질 것을 두려워하여 식사를 대충 한 적 있던가.

선물

선물을 하면 우린 과연 주기만 한 것일까?
상대가 좋아했던 것들을 더듬어보는 '과거의 답습'.
선물을 담은 포장지에 함께 동봉한 '기대감'.
헤어지기 전에 선물을 받은 상대방의 '밝은 미소'.

사실 하나를 주었지만 세 가지나 받아버렸다.
쓰다 보니 '사랑'이란 것도 위와 같은 것 같다.
맘껏 준 듯싶었는데 사실 많이 받아버렸으니.

서운함

작은 서운함의 시작이 불편함을 낳고

불편함의 시작이 갈등 후 이별을 낳고

이별의 시작이 '아, 그때'의 후회를 낳았다.

각은 서운함의 시작이
불편함을 낳고
불편함의 시작이
갈등후 이별을 낳고
이별의 시작이
아
그때의
후회를 남겼다

연락 두절

당신이 나를 알기 위한 가장 첫 번째 노력은 어떻게 해서든 내 전화번호를 물어보는 것이었다.

당신이 나와 친해지기 위한 두 번째 노력은 끝없는 질문과 빠른 답장이었다.
"굿모닝? 식사하셨어요? 조금만 더 있으면 퇴근이에요. 힘! 잘자요~."

당신이 나를 얻기 위한 세 번째 노력은 줄어드는 배터리만큼 나의 웃음과 목소리를 서로의 공간 안에 채워가는 것이었다.

드디어 나의 첫 번째 노력이 시작될 때쯤 당신은 마지막 노력을 하게 되었다.
'연락 두절'
내가 당신에게 갑자기 부담이 되었는지, 아니면 내가 더 이상 재미가 없어졌는지.

핸드폰은 예전처럼 배터리가 가득해졌으나 방전된 내 허전함은 누가 채워주나.

자전거 사랑

자전거를 타본 사람은 안다.
처음 핸들을 잡고 안장 위에 올라탔을 때의 그 놀라움과 두려움.

처음 열심히 페달을 밟아도 넘어져서 무릎이 찢어진 '아픔의 기억'.
타다 보니 멈추지 않고 밟아야 안 넘어진다는 걸 알게 되었을 때의 '짜릿함'.
자전거를 타고 지나온 길이 꽤 멀었다는 '뿌듯함'.

사랑은 처음 잡은 자전거 핸들처럼 '설렘'이고,
익숙해질 때까지 넘어지는 '아픔'이고,
앞만 보고 질주해야 절대 안 넘어지는 '집중'이며
지나온 시간은 짧았지만 추억은 긴 '여행'이었다.

레몬

레몬 같은 당신이 좋다.

생각만으로도 온몸이 반응한다.

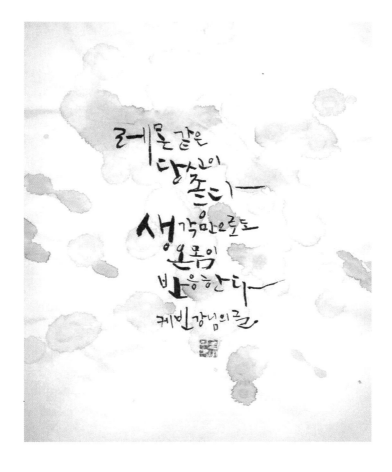

레몬 같은
당신이
좋다~
생 각만으로도
온몸이
반응한다~
케빈강남의글

대화—여름

친구: 나는 강한 징크스가 하나 있어. 매해 여름이면 사귀던 여자랑 헤어진다는 것인데
이상하게도 세 번 다 하필 여름이었어. 그래서 지금 여자 친구와 과연 이번 여름은
함께할 수 있을까? 헤어질 마음의 준비를 해야 할까. 이런 고민까지도 하게 된다.

나: 사귀는 순간부터 우리는 언제든 헤어질 수 있다는 걸 인정해야지. 굳이 따로 준비할
필요는 없을 것 같은데. 중요한 건 지금의 여자 친구를 만나기 위해 너는 세 번의 이
별이 필요했다는 것, 그리고 만약 이번에도 이별을 한다면, 여름이라서가 아니라 너
랑 맞는 사람이 아니었단 게 중요한 것 같아.

"진심으로 그녀와 헤어지기 싫다면 나 같음 평생 여름이 없는 남극으로 가서라도
살겠어."

그때

그때 당신을 안 만났다면
더 예쁜 여자를 만났을진 모르지만
내가 더 나은 사람이 되진 못했을 것 같다.

내가 누군가를 만난다는 것은
내가 백 살까지 살 확률보다 낮은 사실과
내가 그 사람과 추억이란 흔적을 남긴 것은
내가 태어날 확률보다 낮았다.

모든 만남은 이별이란 그림자를 달고 다니듯이
나 또한 당신과의 이별을 피하지는 못했지만
분명한 건 내가 누군가를 만난 그 순간만큼은 내게 가장 큰 사람이었다는 것이다.

아무리 빨리 스쳐 지나가는 바람이라도
작은 나뭇잎에 닿는 순간만큼은 잠시 멈춰서야 했다.
원치 않더라도 풀 향기가 묻어야만 했던 그 순간만큼은 바람에게는 진심이었다.

당신의 존재

꼭 할 말이 있어야 전화하기보다
너와 통화하면서 이야기를 만들고 싶었고

용건이 있어야만 만나기보다.
너와 함께 용건을 만들고 싶었을 뿐이었다.

똑딱똑딱

시계를 보면 알 수 있더라.

몇 마디 나누지 않았는데 벌써 해가 떨어져 있고,
헤어질 아쉬움이 떠오를 때.

당신이란 사람이 내게 시간의 소중함만큼 중요해졌음을.

쓰다. 지우다

나를 버리고 떠난 너는 나쁜 여자인 게 맞다.

나보다 키가 작고, 나보다 못생기고, 나보다 나쁜 남자를 만나기를 고대한다, 라고 쓰다가 지웠다.

그래 너도 한때는 내 사람이었는데, 라며.

짝사랑

밤은 별을 흠모하고
나는 너를 사모한다.

연못엔 달이 떠 있는데
내 맘속엔 네가 새겨져 있다.

갈대는 바람을 따르지만
나는 너의 몸짓을 따른다.

해를 볼 수 없는 달처럼
정녕 나는 너의 사람이 될 순 없을까.

산책

각자의 손을 홀더 삼아 커피를 끼고
가득 찬 달빛 아래
한 뼘만치 떨어져
속도 맞춰 걸어간다.

그러다 옷깃이라도 스치면
바람에 스친 별처럼
바르르 어깨를 떨군 채
괜스레 발걸음만 빨라진다.

차라리 손이라도 잡았다면
어색함이라도 없을 텐데

스친 옷깃의 그 느낌은
잎 새의 비친 달빛처럼
강렬하고 짜릿했다.

말자

사랑하려 하지 말자
사랑하고픈 것이다.

잊으려 하지 말자
잊혀지는 것이다.

애써 잡으려고도 하지 말자.
올 때도 끌고 온 게 아니었으니.

영어 잘하는 여자

영어 잘하는 여성은 매력 있다.

분명 영어 때문이라 믿는다.

저기 들려오는 매력 있는 그녀의 청량한 목소리.

"카페모카, 휘핑크림, 테이크아웃."

척

마음 없이 마음 준 척 말고

사랑 없이 사랑 준 척 마라.

척하다 Chuck* 당한다.

---

*   Chuck(사귀던 애인을) 떠나다.

양치기의 울타리

양치기들은 양을 지키기 위해 울타리가 꼭 필요했다고 했다.
당신은 무엇이든 나를 위한 것이라며 안정시켰다.

양들은 이리로부터 안전했지만 이젠 양치기 없이는 살지 못했다.
나는 당신이란 든든함을 얻었지만, 당신 없이는 아무것도 하지 못했다.

어느 날 양치기가 더 높은 보수를 주는 공장에 취직했고, 울타리를 개방해도 양들은 절대 나가지 못했다.
당신이란 사람이 내게 흥미를 잃고 떠났을 때, 비로소 나는 자유가 되었지만 이젠 누구도 믿지 못했다.

우리는 오늘도 책임지지 못할 울타리를 사랑이란 이름으로 상대 주변에 열심히 치고 있다.
동화 속의 거짓말하던 양치기는 지금도 당당히 거리를 활보하고 있었다.

현상

이 작은 두 눈에, 내 가슴이 뭉클했음을

어찌 사진 한 장에 다 담을 수 있으랴.

사진관 아저씨 제발 부탁합니다.

"그녀를 지금 현상해주세요."

구토

내 모든 걸 비워내고 게워내도
너란 사람은 차마 못 비우는구나.

추억의 덩어리가 질겼던 것일까.
이젠 소화시키지 못할 만큼 약해져 버린 걸까.

거꾸로라도 뱉어내고 싶었는데
가슴 깊숙이 정(釘)째 박혔나 보다.

하찮게 여긴 가시 하나가
목에 걸린 듯이 답답한 하루가 지나간다.

모기

목숨을 걸고 마셔보겠다는
저 모기처럼.

사랑하리.

밟혀 죽더라도
차라리 너한테 죽겠다는 용기로.

너와 함께할 수 없다면
나는 살 수 없다는 애절함으로.

그대여 제발

다가오지 마요 그대여
한 번만 더 밀면 낭떠러지라오.

내 눈을 감게 하지 마요.
당신의 품은 죽음의 가시라오.

제발 내게서 벗어나요.
그 무거운 달콤함을 제발.

당신은 그 무서운 '춘곤증'.

싫은 이유

비 오는 날 가로등이 싫다.

미쳤나 보다.

아직도 고백했던 설렘이 켜진다.

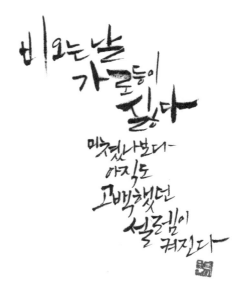

침

논바닥처럼 갈라진 내 입안의 단내가 진동할 때

한 방울의 땀이라도 아끼려 심장마저 쉬며 걷자 다독일 때

뱉어버린 침의 소중함은 그때의 말과 같았다.

그 소중함의 가치는 마치 구할 수 없는 라이언 일병 같은 동질성이다.

다시 한 번만이란 후회란 단어가 입에 맴돌 때는 이미 늦어버렸다.

성급함은 나에 의해 던져졌고 그녀는 이미 떠난 뒤였다.

몸만 와

다 준비되었으니

몸만 오라, 는 있으신 분들

그러니 달아나지.

마음은 혼수가 아닙니다.

재미있는 사람

나처럼 과묵하고 재미없는 사람에게
당신처럼 많이 웃어주는 사람을 처음 봤다.

잠시 나의 개그 실력이 늘었다고 믿었는데
여전히 주위 정색했던 반응들과 살기들.

이제야 내가 재미있는 사람이 아니라.
너를 만나서 그런 사람이 되었음을 깨달았다.

오직 당신의 미소를 보고 싶은 노력상이었나 보다.

존재의 의미

필요할 때만 찾아대는
나는 너의 우산이었나 보다.

그럼에도 불려 나가는 내가 싫었는데
그렇게라도 만나고픈 네가 좋았나 보다.

매일 비라도 오길 기도했지만
무심하게 소나기조차 내리지 않는구나.

사랑했어

단 한 번도 '사랑한다' 말한 적이 없던 그녀.

마지막 그 순간의 '사랑했어'는 진심이었을까.

나는 아직도 '사랑해'인데.

오해

한발 앞서서 걷던 너는
나를 매번 이끌었다.

어느 날 내가 너를 앞서 걸어보았다.
나의 뒤에 있을 네가 안 보였다.

너는 단 한 번도 나를 이끈 적이 없었고
앞장서서 가던 길을 간 것뿐이었다.

오해는 매번 이렇게 반복되나 보다.

이론-보유효과(Endowment effect)

: 손때가 묻은 제품에 대한 하자가 있더라도 리콜 시에도 크게 품질이 없다면 교환하지
  않는 것.

사람은 기존에 사용하던 것에 대한 애정이 묻어 있다.
심지어 그것의 불편함을 알고 있고, 더욱 좋은 제품이 출시되었더라도 익숙한 것을 쉽
게 버리지 못한다.

만약 당신의 남·여자 친구가 하자가 있음에도 쉽게 헤어지지 못하는 이유는 위의 심리
적 요인 때문이다.

이론 – 주차장 이론

친구는 항상 본인이 눈이 낮다고 했었다.
나는 항상 네가 눈이 높다고 했었다.

친구는 대체 눈이 높다는 뜻이 무엇이냐고 물었다.
나는 그래서 주차할 곳을 찾는 것과 같다고 했다.

"더 좋은 자리를 찾다가 그나마 찾은 좋은 자리마저 잃어버리는 것."
우리 이제 '자리'를 '사람'으로 바꿔볼까?

공백기

싱글은 되더라도 키스하는 법은 까먹지 말자.

그것이 적당한 공백기의 기준이 된다.

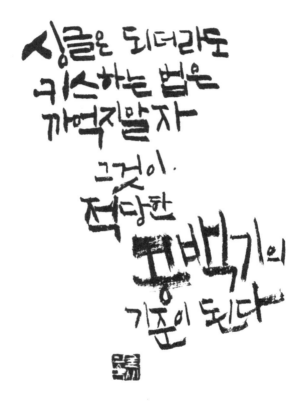

싱글은 되더라도
키스하는 법은
까먹지말자

그것이.
적당한
꽁바끼의
기준이 된다

초심

첫 키스보다 떨렸던 첫 손잡기.

첫 손잡기보다 떨렸던 첫 고백.

첫 고백보다 떨렸던 너의 첫 모습.

그리고 처음 널 대했던 나의 마음과 태도.

사랑이 어렵다

점차 나만을 위한 사람들과
나만을 위해 존재하는 것들만이
소중하다는 마음이 강해지는 요즘
'사랑'이란 큰마음을 당신에게
설명한다는 것은 어려웠다.

이성복 시인이 말한 "입으로 먹고 항문으로 배설하는 것은 생리이며, 결코 인간적이라
할 수 없다. 그에 반해 사랑은 항문으로 먹고 입으로 배설하는 방식에 숙달되는 것이다"
라는 충격적인 말처럼 사랑이 과연 펜으로 표현한다는 것이 가능할 것인지 자문한다.

함께 갈증이 나지만 당연히 본인의 물을 넘겨줄 부모님의 사랑처럼
내가 더 지병하지만 당신의 감기가 걱정돼서 직접 약을 사다 주고 마는 이런 비정상적인
행동들을 어찌 글로써 설명될까.

사랑은 절대 메뉴판처럼 원하는 걸 고르는 게 아니었다.
사랑은 절대 1+1=2처럼 딱 떨어지며 계산되는 게 아니었다.

다만 사랑을 해보니 이거 하나만은 알겠더라.
사람이 사랑이란 단어를 만들어내지만,
사랑이 가장 아름다운 사람을 만든다는 것을.

문신

사랑은 문신이다.

아름다움을 지워내면

흉터가 그 자리를 채운다.

이별 매너

급정거하기 전에 비상등을 켜주듯이

당신도 이별하기 전 최소한의 노력은 해줘야지.

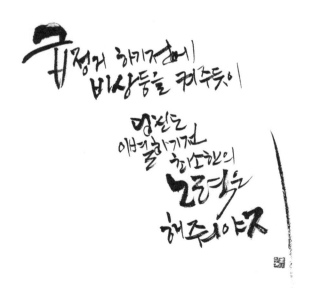

너의 크기

좋아한다 말하고 나서 농담이라 할 수밖에 없던 비겁함.

그렇게라도 오래 보고 싶던 내 욕심.

차라리 남자답게 보다 친구만이라도 다독였던 위안.

그냥 너 하나면 되는데 그 하나가 너무 커버린 나의 삶.

관심과 호감

많이 헷갈렸던 두 단어.
관심과 호감.

너를 알고 싶단 궁금함.
그것은 관심의 시작.

무언가 너는 다른 느낌.
그것이 호감의 시작.

관심은 너도 있고 기대도 있고
호감은 너만 있고 기대도 가득

관심은 이야기하고 싶은 사람에게
호감은 진지하게 만나고 싶은 사람에게

이별이란 통보

첫 이별의 통보가 가진 안타까움은
처음 사랑했던 사람이 나를 버린 것에 대한 아픔보다
이제 그 누구에게도 버림받을 수 있단 두려움이 아닐까.

가장 사랑했던 사람과 쌓았던 자존감이란 철벽같던 탑을
직접 그의 두 손으로 부숴버린 절망을 체감한 경험.

이제는 그 탑들이 언제라도 무너질 수 있다는 불확실성
그리고 과연 탑을 다시 쌓아도 되는지 대한 회의감.

급한 이별

예정 없던 소나기처럼
내 앞에 나타나서

종일 내린 장마처럼
내 마음 흠뻑 적시고선

그대 그리 급하셨을까.
당신 우산 두고 가실 만큼.

내게 '안녕'이란 말도 못 할 만큼.

연하 공략법

어린 척하는 것보다

나이 든 짓 안 하는 게 낫더라.

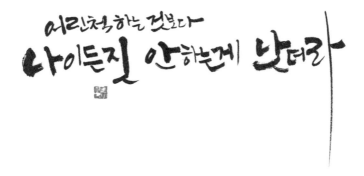

그대여

그대여 나의 그대여
물을 달라 흔들지도
빛을 달라 시들지도
어둠 속에 고개 숙이지도 말라.

물이 조금 부족해도
빛을 잠깐 잃었대도
어둠이 잠시 머물러도 치켜들라.

바람이 가란 대로 누워버린 꽃 말고
바람을 갈라버린 소나무가 되어주라.

당신의 꽃이 타인에 의해 피고 지는 슬픈 꽃말이 되지 말라.

공통점 2

말만 앞서던 사람과
짝사랑의 공통점

"에고 의미 없다."

마냥 기다리지 마라.
요즘 택시도 콜해야 온다.

마냥
기다리지 말라
요즘 택시도
콜해야 온다

연극

한 여인을 만나 사귀게 되면 우리는 그녀의 남자 친구가 된다.
그녀와의 이별 뒤 문득 다시 생각해봤다.

내가 그녀를 진심으로 좋아했던 한 남자였는지
아니면 연극의 배우처럼 남자 친구라는 역할에 충실했었는지.

벚꽃 타투

그녀가 가장 사랑하는 벚꽃.
언제든 보러 오라 내 몸에 새겼다.
한참을 들여다본 그녀는 조용히 혼자 중얼거렸다.

시간이 지나 우린 헤어졌고 벚꽃은 내 몸에 아직 남았다.
이제야 문득 알았다. 그때 그녀의 속삭임을.

"시들지 않는 꽃은 향기도 없다."

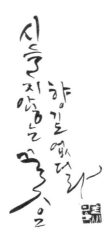

귀찮아지다

그녀의 다정했던 답장들도
그녀의 만나자던 약속들도
자꾸만 귀찮게 만들었다.

우연히 보게 된 1년 전 문자들.

그때의 문자들과 그녀는 변함이 없었는데,
내가 그녀를 귀찮은 존재로 만들었다.

마치 사냥이 끝난 포식자처럼 흥미가 끝난 것이다.

사자는 식사가 끝나면 미련 없이 떠나지만,
차마 남겨진 식사가 아쉬워 버리지도 못했다.

얼마나 비겁했던가.
그렇게 음식이 스스로 썩기만을 기다렸던 내가.

사계

그대를 보러 가는 길은 봄
그대와의 만남은 여름
그대의 미소는 가을
그대와 헤어짐은 겨울

겨울을 견디는 이유는 봄이 오기 때문이고
봄이 기다려지는 이유는 여름에 한 걸음 가까웠기 때문이고
가을이 짧은 이유는 겨울이 너무 빨리 와서인가 보다.

보냈다

찼다 하지 마라. 한때는 당신 가슴 가득 채워진 것이니.

버렸다고 하지 마라. 한때는 나를 버려서라도 지키고픈 것이었으니.

보냈다고 하자. 처음부터 내 것이 아니었다고.

별을 사랑한 밤

어떤 사람도 본인이 칠흑같이 어두운 밤이 되기보다 반짝이는 별이 되고 싶어 한다.

오직 '사랑' 한 단어만이 가능하다.

내가 밤이 되더라도 너를 별처럼 반짝이게 만들고픈 그 마음.

그것이 바로 '사랑'이었다.

거절과 허락

다가가는 것이 두려운 것이 아니라
거절당할 내 모습이 두려웠다.

다가갈까 고민하던 사이
먼저 다가간 다른 남자를 거절하는 그녀를 보고
용기가 아닌 안심을 해버렸다.

결국 난 한 번도 거절이란 걸 받아본 적도 없지만
평생 허락이란 것도 얻어보지 못했다.

당신에게도, 내 삶에서도.

당신들이 옳았다

어차피 떠날 걸 알면서도
혹시나 하는 오기를 부린 적이 있다.

분명 당신들은 아니라는데
나는 될 거라며 스스로를 설득했던 적이 있다.

하나 결과는 매번 당신들이 옳았다.

불법 유턴을 한 나를 붙잡은 경찰에게
그 어떤 사정을 해도 사유가 안 되듯이.

체념과 이별에 한시라도 빠른 서명이 옳았다.

꽃 사랑

나의 꽃핀 모습에 멈춰선 당신에게
꽃 한 송이를 모두 피워냅니다.

지난 모든 꽃들이 만개(滿開)하자
당신은 나를 모두 꺾어 떠납니다.

이별의 아픔에 꽃피우길 게을리하고
배신의 상처에 가시를 돋을 때쯤

내게 멈춘 새로운 당신께
가시를 더욱 드러냅니다.

내가 더 이상은 아프지 않기 위해
내가 더 이상은 상처받지 않기 위해

밤은 항상 춥고 외로웠던 내게
당신은 내 곁에서 함께였습니다.

그 무엇도 하지 않은 당신이었지만
그 무엇만큼 큰 것을 받은 나였습니다.

어느 날 세웠던 가시들이 후두둑 떨어지고
그 자리 꽃들이 하나둘씩 피기 시작했습니다.

꽃이 있음에가 아닌
꽃이 없음에도 함께해준 당신에게

내 모든 향기를.

외로움

혼자라서 외로운 게 아니라
혼자란 걸 알게 되었을 때 느끼더라.

너와 함께라서 외로움을 잊은 게 아니라
나조차 잊을 만큼 너만 생각해서 못 느꼈더라.

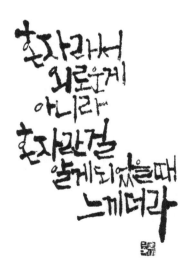

의사결정 차이

누군가는 이성의 선택이 저(Low) 관여 대상.
라면이 없음 우동이라도 찾는다.

누군가는 이성이 고(High) 관여 대상.
자동차를 사듯 꼼꼼하게 따져본다.

누군가에게는 꼭 이번만이 아니더라도
누군가에게는 이번이 마지막이듯이.

어떻게 골랐던 나만 중요한 게 아니라
어떻게 골라졌던 나였는지도 중요했던
너와 나의 의사결정 차이.

---

* 관여도: 의사 결정 몰입도

비가 찾아와

신발에 비가 찾아와서.
양말에 비가 젖어들어.
속살에 비가 키스했다.

신발 가득 채운 반가움에
가슴 가득 쌓인 먹먹함을
삼투압처럼 밀어냈다.

다행히 네가 비운 곳을
비라도 찾아와 채워줬다.

안타까움

사랑했었다보다 안타까운 건
사랑이었다.

차여버렸다보다 안타까운 건
차라리 고백이라도 할걸.

한 명은 경험을, 다른 한 명은 후회를.
한 명은 언젠가는, 다른 한 명은 평생 절대.

이럴 줄 알았다

내가 이럴 줄 알았다.

사랑에 빠지기 싫었던 가장 큰 이유는
감당 못 할 당신의 존재감이다.

최대한 빳빳하게 다려 놓은 수(水)면 위에
너란 비가 두드리며 깊숙이 파고들어
내가 너인지, 네가 나인지 스며들었다.

너란 사람이 내 가슴에 모든 것을 비워내고
오직 '당신'이란 두 글자만 가득 채워 넣고 있다.

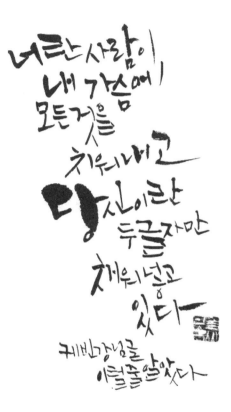

너란 사람이,
내 가슴에,
모든 것을
치워내고
당신이란
두 글자만
채워넣고
있다

케빈강남골
이럴줄 알았다

자주 잃어버리는 그대에게

자꾸 본인의 물건을 잃어버리지 않으면,
딴 곳에 두고 다니는 여자 친구에게 무슨 말을 할 수 있으랴.

다 잃어버려도 부디 마음만은 딴 데 두지 말라고
혹여 잃어버릴 걱정이라면 내 가슴에 두고 다니라고밖에.

고객은 오직 당신
보관료는 무료
이자는 평생 지급
믿고 한번 맡겨봐
사랑 두 배 은행.

이유

"제가 왜 좋아요"란 당신의 물음에 난 바로 대답하지 못했다.

"꽃처럼 예뻐서"란 너무 뻔한 대상을 비유해야 했나.
"마음이 착해서"란 누구나 가진 심성을 말했어야 했나.

무엇을 말하든 아쉬움이 남을 미련에
글을 쓰는 일이 잠시 부끄러워졌다.

생각도 정리되기 전에
"그냥 너라서"라는 말이 툭 하고 먼저 나왔다.

너를 만나 나는 달이 될 수 있었음을 너는 알까.
해의 빛을 받아야만 밝아지는 달처럼,
너의 말 하나, 행동 하나에 그날의 하루는 그랬다.
너로 인해 전부를 잃어버린 초승달이 되기도 하고, 꽉 찬 보름달이 되기도 했다.

너란 해를 만나 나란 달이 뜰 수 있게 되었다고.
쓰디쓴 에스프레소 같던 내 삶이 이젠 당신이란 시럽을 만나 달아졌다고.

장거리 연애

함께 살고 있는 부부도 이혼하는 마당에
매일 볼 수 있던 캠퍼스 커플도 헤어지는 마당에

거리가 대수가 아니라
얼마나 서로에게 충실한지가 중요하다 믿어본다.

거리가 멀어서는
이별의 조건이 아니라 이별을 위한 최고의 변명이었다고.

달달

오늘, 달이 달다.

너의 손을 처음 잡은 밤이라서.

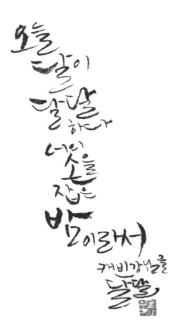

잠자리

여자는 남자와 자게 되면 이제 널 내 남자로 인정하겠다지만,
남자는 여자와 자게 되면 여자가 모든 것을 준 것으로 생각한다.

여자는 이제 남자와의 진지한 시작을 의미하는데
남자는 여자에 대한 끌렸던 흥미의 끝을 의미한다.

오직 갖겠다는 욕구로만 그녀를 탐닉하면
손으로 잡은 날개가 유분과 세균으로 다시 날지 못하는 잠자리처럼
둘의 관계는 다시 되돌릴 수 없다.

잠자리는 쾌락의 끝이 아니라 사랑의 시작인데.

calli_mong

사랑과 산의 공통점

1. 정상에 도착하는 가장 빠른 길은
   먼저 한 걸음 나아감이다.

2. 점령했다 생각하면 버림받을 것이고
   같이 살겠다고 하면 머물 수 있다.

3. 아직 땅을 밟기 전이라면 아직 떠나지 못한 것이다.
   그것이 산이든, 그리움이든.

4. 항상 가던 길도 방심하면 길을 잃을 수 있다.
   그게 길이든, 사람이든.

5. 모든 불화(火)의 시작은 담배꽁초 같은 사소함이다.

통화

마땅한 용건은 오직 너의 목소리였다.
수화기 넘어 당신의 숨조차도 내게는 대화였었다.

급히 줄어든 배터리처럼.
점차 늘어난 당신과의 긴 침묵.

"목소리가 듣고 싶다"에서
"통화를 해야지"로 바뀌어버린 밀린 숙제.

전화 너머 들리는 너의 목소리가
익숙해진 너의 컬러링처럼 더 이상 새롭지 않다.

사랑의 시작이 잠들면서까지 붙잡았던 수화기였다면
이별의 조짐 또한 업무처럼 되어버린 수화기였다.

그렇게 우린 통화로 통(通)했으나 통화로 통(痛)해졌다.

겨울에 핀 꽃

너를 품은 그날 밤 내 가슴.
뛰는 심장 내 것인지 네 것인지.

나를 두고 급히 떠난 당신.
코끝 가득 담긴 너란 향기.

이제야 너를 가졌다는 연기 같은 확신.
오늘이 마지막이라는 피치 못할 운명.

깍지를 낀 두 손에 맺힌 너의 눈물.
눈보라에 묻힐 갓 핀 수선화 한 송이.

차마 피지 못한 꽃망울.
지독했던 한기(寒氣)의 그 겨울.

차라리 품지 말걸.
그날의 너란 꽃 한 송이.

사랑의 상처

"나는 단 한 번도 사랑하면서 상처를 받은 적이 없어."
너무나도 당당했던 당신의 씁쓸한 한마디.

상처를 알기에 상처를 만들지 아니하려 하고,
아픔을 기억하기에 그 아픔을 이해하려 할 텐데.

비닐하우스 품속 고이 자란 꽃이
어찌 비바람 견딘 코스모스의 아름다움과 같을까.

요양원처럼 제시 제때 식사가 제공된 온실에서
절대 눕지 않겠다고 한 줌의 흙이라도 붙잡았던 잔뿌리의 노력들을 어찌 알 수 있을까.

멸균된 우유만이 순수하다 믿는 당신에게
껍질째 먹고 있는 사과의 맛을 어찌 설명할까.

온몸 하나의 상처 흔적도 없는 당신이
어찌 감히 사랑이란 야생의 숲을 가봤다고 당당할 수 있을까.

아니듯이

해가 나를 향해 쬐더라도
나만 따뜻한 게 아니듯이

비가 나를 향해 내리더라도
나만 흠뻑 적신 게 아니듯이

바람이 내게 달려오더라도
나만 안고 간 것이 아니듯이

당신이 내게 한 모든 것들이
나에게만 따뜻한 것도
나만 흠뻑 적신 것도
나만 안아준 것도 아니었구나.

당신은 내게 해였고, 비였고, 바람이었는데.

대화—재회의 가능성

친구: 한번 이별한 그 사람과 다시 잘될 가능성이 있을까?

나: 글쎄…… 튼튼한 나무들은 단번에 쓰러지지 않더라고.
  혹 처음부터 그런 나무라면 산들바람에도 넘어질 나무밖에 안 되겠지.

  특히 마음이란 창문의 작은 균열은 창문 전체를 당장 쪼개지는 않더라도 어느샌가
  방 안에는 찬바람이 가득해지더라고.

  한번 구겨진 종이를 다시는 완벽히 펼 순 없더라고.

뉴턴의 운동법칙

뉴턴의 운동 제1법칙인 '관성의 법칙'.

: 멈춰 있는 물체는 계속 멈춰 있으려 하고, 움직이던 물체는 계속 움직이려 한다.

즉, 정지하고 있는 그녀의 마음은 계속 멈춰 있으려고 한다.

멈춰 있는 그녀의 마음을 움직이기 위해서는 힘이 필요하며, 여기서 그 힘은 나의 지속적인 관심과 애정이라고 하자.

뉴턴의 운동 제2법칙인 '힘과 가속도의 법칙'.

: 물체의 가속도는 그 물체에 작용하는 힘의 크기에 비례하고, 물체의 질량에는 반비례한다.

즉, 그녀에 대한 관심과 애정이 클수록 나의 작용하는 힘은 커진다. 반면 그녀의 움직이지 않겠다는 마음이 크거나 혹은 기존에 여러 이성들에게 인기가 많은 그녀라면 질량이 커서 변화시키기 더욱 어렵다.

뉴턴의 운동 제3법칙인 '작용과 반작용의 법칙'.

: 한 물체가 다른 물체에 힘을 작용하면 다른 물체도 힘을 작용한 물체에 크기가 같고
방향이 반대인 힘을 작용한다.

멈춰 있고 싶어 하던 그녀의 마음을 변화시키는 데 쓴 나의 힘은 오히려 방향이 반대
(이별)로 나아가 그녀를 변화시키고, 정작 나는 소홀함에 가까워지게 된다.

지속적인 힘의 소홀함은 그녀를 움직였던 원동력의 소실을 가져오고, 심지어 사랑의
방향으로 움직이고 있던 그녀가(제1법칙) 계속 나아가고 싶어 하는 것을 방해한다.

결국 공은 멈추고, 그녀도 곧 멈추게 되고, 우리는 그것을 이별이라 한다.

순간

내가 진심으로 당신을 좋아하는지 알게 되는 순간들이 있다.

다른 이성과 함께 있는 당신의 모습이 불편해질 때와
내가 당신이란 사람에게 부족하다 느껴 스스로가 작아졌을 때.

전자는 그 계기로 인해 홧김에라도 내 맘을 전달하면 되는데
후자는 내 단점이 너무 크게 보여 차마 맘만 부여잡는다.

내 감춰온 커다란 단점을 들킨 것 같은 그 후자의 마음은
감히 널 좋아하게 된 나를 비난하는 상황까지 되더라.

그만큼이나 당신이 내게 큰 사람이라는 것을 깨닫는 순간에
나의 비난은 왜 하필 너였냐고 되묻고만 있더라.

시선

여기 명동 한복판이라 하자.

들고 있는 꽃의 화려함이 아니야.
회색 도심에 생명을 전하는 한 남자를 바라보는 시선이야.

남의 시선 따위는 철저히 무시할 만큼
이 꽃을 받을 너만 생각하며 뛰고 있는 한 남자의 진심이란 뜻이야.

걱정

비밀이란 무거운 짐을 혼자 견뎌야 했다.
혼자일 때는 그것이 오직 나만의 짐이었는데
둘이 되자 그 짐을 분담하기 싫어 어떻게든 온몸으로 숨겨보지만 언젠가는 알게 될 것임을 알기에 걱정이다.

마음속에서는 보자기를 풀고 보여주고도 내 옆에 있는 사람이 진짜 내 사람이란 걸 알지만
혹여 날 떠날지도 모른다는 두려움과 걱정이 보자기를 꽉 동여맸다.

혼자 감내할 고난이라면 백 번 더 이겨낼 자신이 있겠지만 단 하나의 고민도 건네주기 싫은 이 마음이 당신을 향한 진심인가 보다.

행복을 주지 못하는 안타까움보다
불행을 줄 것 같은 내 성급한 걱정들.

최소한 사랑한다면 행복을 늘리는 노력만큼
불행을 줄이는 최선을 택해야 하지 않을까.

그래서 걱정이다.
밤은 깊어지고,
짐은 짓누르는데
네가 보고 싶다.

남자의 잘못된 기대

남자는 여성들이 조금은 평정심을 갖기를 바란다.
보다 이성적이고 지성적인 대화를 통해 순간의 급정거나 급발진을 최소화하고 싶어 한다.

여자는 그런 남성들을 안타까워한다.
정작 연예란 주행이 시작되면 깜빡이도 안 켜고 들어오며, 횡단보도 정지선조차도 안 지
키는 그들이 운전을 가르치려 한다.

종이에 벤 상처가 물에 닿기만 해도 아프다며 성질 내는 남자들이 여성들에게 바란다.

코끼리에게 배를 밟힌 듯한
창이 배를 관통한 듯한
창자를 쥐어짜는 듯한
상체와 하체를 분리하는 듯한
아픔 속에서도 평정심 찾기를 기대한다.

---

* 개인마다 다르지만 여성의 생리주기는 평균 28일. 약 1주일간 생리통을 30년 넘게 겪는다.
존 길버드 런던 대학 생식 보건 명예 교수는 "생리통이 심장마비만큼 고통스럽다"고 밝혔다. 그러
나 제대로 연구가 이뤄지지 않은 이유에 대해 "남성이 생리통의 고통을 모르고. 생리통을 중점적
으로 연구한 적이 없기 때문"이라고 주장했다. 현대 의학의 발달에도 불구하고 여성이 겪는 생리통
을 신경질적인 반응 등으로만 생각하고 물리적 고통에 대해 심각한 연구는 진행되지 않았던 것이
다.〈2016.05.29. Y.T.N 기사참조〉

운명 vs 관계

'운명'은 언제인가 반드시 만나는 '필연'이다.
'관계'는 내가 직접 만들어가는 '노력'이다.

내가 좋아하는 '클리나멘'(Clinamen)이란 단어가 있다.
철학자 에피쿠로스가 말한 것으로, 쉽게 설명하면 '비'는 직선으로 내리는 것이 아니라
바람에 따라 사선으로 떨어지며, 그에 따라 엇갈림을 갖는다는 것이다.
즉, 직선은 타성이며(중력에 의한), 사선은 빗물끼리 마주하게 되는 능동적인 힘을 뜻
한다.

영화 '노트북'의 남자 주인공 '노아'와 여자 주인공 '앨리'의 사랑 이야기.
남자 주인공 노아는 앨리에게 한눈에 반하여 데이트 신청을 하지만 앨리는 거절을 합
니다.
그러나 노아는 절대 포기하지 않고 앨리의 마음을 얻기 위해 놀이동산에서 큰 모험을
합니다. 결국 앨리는 노아의 노력에 감동을 받고 열정적인 사랑으로 보답을 하는 영화
이다.

영화 '노트북'은 실화를 바탕으로 했지만, 영화같이 한 남자와 여자 가상의 상황을 만
들어봅니다.
버스에 올라탔는데 마침 남은 한 자리가 그녀의 옆이었다면 우리는 필연일까요?
마치 원래 이 시간 이 장소에서 만나기로 한 사이처럼?
버스에서 내리면 그냥 서로 bye일 뿐입니다.
이것은 그냥 우연으로 보는 것이 바람직합니다.

혹 다시 서로 만난다 하더라도 그냥 지나가면 또 남이 되겠죠.

그럼 저기 위에 '클리나멘'을 인위적으로 만들어봅니다.
그녀는 이어폰으로 음악을 듣다 졸고 있습니다.(졸지 않아도 괜찮습니다.)
하필 그녀는 통로 쪽의 자리였고.
그녀가 잠에서 깨어나자 번쩍 눈을 뜨고 주위를 살핍니다.
어색했지만, 웃으면서 남자가 말을 먼저 건넵니다.

"정거장 안 지나치셨나요?"
"아, 여기가…… 어디쯤인지?"
"가평 거의 다 도착했어요."
"아, 다행히도 안 지나쳤네요. 감사합니다."

그녀가 가평터미널에서 내리자, 남자는 고민 끝에 그녀를 따라 내립니다.
"저기요. 사실은요. 내려야 할 정거장이 지나버렸지만, 차마 깨울 수가 없었어요. 사실 이렇게 내려서 말을 걸어야 할지 옆에서 주무실 때 고민했지만."

이 상황에서 남자는 인위적인 노력으로 직선으로 내리는 비에 바람을 불게 했습니다.
첫째는, 내려야 했던 정류장을 지나쳐서라도 그녀를 깨우지 않고 기다렸고.
둘째는, 그녀가 내릴 때 함께 내려 말을 걸었다는 것입니다.
그렇게 해서 서로 비를 부딪치게 만든 것입니다. 이것이 직접 노력하여 만드는 '관계'입니다.

마치 '노트북'의 노아가 끝없이 바람을 일으켜 '앨리'를 두드리는 것과 같은 것입니다.
사실 이 남녀의 결과가 영화처럼 잘될 것이라 그 누구도 보장은 못 합니다.
여성이 연락처를 안 줄 수도 있고, 혹은 남자 친구가 있으니 죄송하다고 끝날 수도 있습니다.
하지만 중요한 건 이런 인위적인 노력조차 없다면, 그 남자는 그 여자와 잘될 수 있는 가능성이 몇 프로나 되었을까요?
중요한 것은 높은 가능성이 아니라 원하는 가능성을 만드는 나의 노력이 아닐까요.

전 홀사랑을 싫어합니다.
그것은 마냥 중력에 이끌려 내려오는 직선으로 내리는 비입니다.
망망대해에서 바람이 어디선가 불기를 바라고 마냥 기다리는 것과 다름없습니다.
차라리 직접 노를 저어 앞으로 조금씩이라도 나아갈 때 원하는 육지에 조금 더 가까워질 수 있지 않을까요.

"난 비록 죽으면 잊혀질 평범한 사람일지라도, 영혼을 바쳐 평생 한 여자를 사랑했으니 내 인생은 성공한 사람입니다."

노인이 된 남자주인공 노아의 위 대사는, 그가 바람이 불기만을 기다린 사람이 아니라 진심을 전하기 위해 직접 노를 저어 도착한 곳이 한 여자의 마음이었기에 가능했던 건 아닐까요.

2

직장인 공감, 어느 30대 이야기

If you hire people just because they can do a job,
they'll work for your money.
But if you hire people who believe what you believe,
they'll work for you with blood and sweat and tears.

—사이먼 사이넥(Simon Sinek), <2009년 TED 강연> 중에서

전략 싸움

팀장에게 받은 임무
"반드시 최저가를 지켜내라."

비장한 마음을 가슴에 고이 접고
장래 최고의 영업사원이 계약하러 들어갔다.

현란한 입담과 프로다운 순발력으로
고객은 마침내 수많은 경쟁사를 배제하고 나와의 계약이 임박했다.

마침 단 분향이 내 코를 찔렀고
내 앞에는 단 커피가 놓였다.

업체 경리과 여직원
큰 눈에 진한 눈썹의 그녀

성공적인 계약을 마치고 나오며 나는 팀장님께 전화를 했다.
"죄송합니다. 이 가격으로밖에 가능하지 못했습니다."

타이밍을 놓치지 않은 진정한 프로는 내가 아니라 바로 그녀였다.

입사와 이직

들어오는 데 순서 있어도
나가는 데 순서 없더라.

나가면 어차피 남인데
있을 때라도 잘해주자.

언젠가 남 된다고
못 해주면 꼭 다시 만나더라.

당신은 고객
나는 영업사원으로.

팀 3

좋은 팀은 하나의 목소리만 아닌
모두의 목소리가 날 때 가능하다.

왜 푸른 하늘만 있는 것보다
구름도 새도 해도 있는 것이,

왜 푸른 바다만 있는 것보다
새와 바위와 파도가 있는 것이,

조화는 일치보다 창의적이고
다양은 하나보다 아름답다.

팀 4

나쁜 팀은 나를 수단화시키고
좋은 팀은 나를 '성장'시킨다.

나쁜 팀은 사람이 필요한 것이고
좋은 팀은 '내가' 필요한 것이다.

나쁜 팀은 너와 나지만
좋은 팀은 '우리'가 된다.

딱

나랑 맞는 사람은 찾기 어렵지만

나랑 안 맞는 사람은 단번에 알겠더라.

특히 회사란 조직에서는 더욱.

위험한 가족

가족 같은 분위기를 강조하는 곳을 경계해야 한다.

첫째, 어떤 가족도 테스트하고 정식구로 들이지 않는다.

둘째, 어떤 가족도 눈치 보며 야근시키지 않는다.

셋째, 어떤 가족도 식구들을 개별 평가하지 않는다.

넷째, 어떤 가족도 저성과자를 버리지 않는다.

마지막으로, 가장 중요한 것은 '가족'이 아니라 '같은 분위기'란 단어이다.

이직 시 유의할 점

1. 절대 퇴사했던 회사에 대해 험담하지 마라.

마치 소개팅과 같다.

비록 헤어진 여자 친구가 심한 문제가 있더라도 앞에서 비난하면 상대방은 재미있다 들어줄지 몰라도 속으로는 기분이 불안해진다.

언제 내가 그 비난의 대상이 될지 모르니.

2. 절대 재직 중인 회사에 대한 칭찬만 하지 마라.

예전 여자 친구에 대한 지나친 자랑은 앞에 있는 소개팅 자를 부담 갖게 할 수 있다.

아니 그런 사람인데도 도망쳤다고?

당신 얼마나 눈이 높은 거야?

미안한데

"미안한데" 이것 좀 해줄래?
"미안한데" 나 대신 갔다 와줄래?

이렇게 습관적으로 "미안한데"라 붙이고
부탁하는 사람은 본인이 충분히 예의를 다했다고 생각한다.

한데 "미안한데"란 말이 나오자마자
상대방이 전혀 미안한 게 안 느껴진다면
그건 더 이상 미안한 뜻이 아닌 것이다.

그러니 미안하면, 직접 해주세요.

취업을 대하는 자세–100전 97패 3승

난 여기서 3승보다 100전을 더 크게 생각하고 싶다.
사실 우린 1승을 바라지만, 97패를 더 두려워하고 있다.

내가 말한 저 3승은 97패 이후에 가능했기에
100전이 내게 중요한 것이다.

그래서 도전하려면 최소한 1승은 해보는 거다.
그래야 최소한 포기할 자격은 가진다.

그리고 더 중요한 것은
100번 다음은 101번이 있음을 잊지 말자.

업체 일기 1-인건비

한 업체 사모님을 만났다.

나: "요즘 많이 힘드시죠. 올해 업체 상황은 어땠나요?"

업체: "정말 힘들어요. 버티기도 힘들 만큼 힘듭니다. 물량은 그대로인데 인건비는 계속
    오르죠. 큰일입니다."

나: "그렇군요. 올해 직원분들 임금 인상이 있으셨나 보군요."

업체: "아니오. 올려주지 못했어요. 앞으로 상황이 더 안 좋아질 게 뻔한데 어떻게 올려
    줘요. 감봉해야 하는데, 동결한 게 어디에요."

들어오다 보니 사모님의 차가 1억을 호가하는 고급 외제차로 바뀌었다. 그리고 분명 업
체 작년 매출은 10퍼센트 성장했다고 말씀하셨다.

나: "제조업이 전반적으로 상황이 안 좋은 것 같습니다. 정부에서 조금 이런 제조업 상황
    을 이해해주면 좋을 텐데요."

업체: "지금 대통령도 얼마나 수고를 많이 하는데요. 매번 해외 그렇게 돌아다니면서 얼
    마나 힘들겠어요. 역대 대통령 중 그렇게 하신 분이 없으세요. 국민들이 잘 따라
    야 하는데 큰일이에요."

나: "아, 네. 이럴 때일수록 다 같이 단결해야 한다는 것 맞는 말씀이세요. 한데 사모님. 만약 사장님께서 힘들어진 가정에는 소홀하시고 해외 출장만 계속 다니시면 좋은 모습은 아닐 듯해서요."

업체: "그렇긴 하네요. 듣고 보니."

업체 일기 2-성과금

한 업체의 상무님과 미팅을 했다.

나: "상무님, 올해 어떠셨나요. 많이 힘드셨죠. 다른 업체들도 힘들어하더군요."

업체: "전 이 회사의 창립 멤버입니다. 역대 이렇게 힘든 적은 없었어요. 2년 대비 매출이 40프로가 줄었습니다.

저희는 자동차 부품들을 생산합니다. 철 원자재가 올해 초부터 300원에서 150원으로 가격이 떨어졌음에도 불구하고 아직도 원청업체에서 더 비싼 220원으로 공급받고 있습니다. 거의 수년째 70원에 대한 차익을 대기업에서 고스란히 가져가고 있어요.

혹시라도 더 싸게 원자재를 받는 곳으로 변경하면 물량을 안 준다고 합니다. 그래서 도리없이 비싼 가격에 받고 있어요.

저희 회사는 2차 벤더인데, 1차 벤더의 회장은 그의 아들의 이름으로 자회사를 세워 기존 물량을 그 자회사로 다 빼고 있습니다.

그리고 저희는 불량률이 높은 까다로운 것, 돈 안 되는 품목만 받아 생산하고 있습니다.

그러다 보니 원청과 자회사들은 올해도 성과금 500프로를 받는다고 합니다.

저흰 직원들 월급도 은행에서 빌려 겨우 주게 되었습니다.

더 미안한 건, 송년회 회식도 아낀다고 창립 이래 처음으로 안에서 간단히 김밥 같은 걸로 대체하기로 했습니다. 정말 미안할 따름입니다."

나는 오늘 두 업체를 다녀왔다.
한 사모님은 임금 인상은 없었지만 인건비가 오른다고 힘들어했으며,
다른 회사의 임원은 직원들의 성과금은 물론 월급도 겨우 챙겨줬음에 너무 미안해했다.

물론 개인의 차는 있다.
한 명은 사장이고, 다른 한 명은 임원이었지만, 이것은 현실이었다.
누군가에게 사람은 비용이 되고, 누군가는 더 없는 자를 걱정해야 했다.

업체 일기 3-악순환

한 자동차 2차 업체 담당자가 1차 업체를 욕한다.
매년 단가조정 불만을 내게 토로했다.

상황이 딱하여 그의 이야기를 계속 들어주었다.
그 다음 날 업무차 재방문하였다.

담당자는 구입한 기계를 설치 시 설치 업체에 여러 가지 추가 업무를 부탁했다.
계약 이외의 추가 요청은 추가 비용이 발생한다 했더니 그의 표정이 바뀌었다.

그 설치 업체가 상대적으로 을이니 중간에서 푸시를 해달라고 했다.
내가 만약 설치 업체를 푸시하면 그 설치 업체 사장은 누구에게 하소연을 할까.

더 이상 내려갈 곳 없는 사장님의 직원들? 아니면 가족들?

1,000억 중 1억은 0.1프로지만 1억 중 1억은 전부이다.
처음에는 총알이었지만 내려갈수록 핵폭탄이 된다는 걸 진심 모르는가.

업체일기 4-충분하다

업체 사장이 물었다.
업체: "그거 뭐예요?"

나: "네? 어떤……."

업체: "가슴에 단 거요, 혹시 노란 리본이에요?"

나: "아, 네 맞습니다."

그러자 사장의 표정은 아직 익지 않은 떫은 감을 씹은 것처럼 일그러졌다.
업체: "그거 이제 그만하면 안 되나요? 2년이나 지났는데 좀 그만해야죠."

나: "제가 사장님을 불편하게 해드렸군요. 바쁘시다고 하셨으니 업무 이야기 먼저 하시
면 안 될까요?"

업체: "아니 충분히 2년간 애도하고 슬퍼해줬으면 된 것이지. 유가족들도 보상 다 받았
으면서 어지간히 해야죠."

나: "…… 아, 뭔가 오해가 있으신가 봅니다. 근데 어느 보상을 말씀하시는지요? 설마 정
부에서 일방적으로 제시한 보상 말씀하시는 건가요?"

업체: "아니, 생각해봐요. 우리나라에 억울하게 죽는 사람들이 얼마나 많은데 그걸 다 어찌 책임져요? 그렇게 큰 보상금액 받고 대학 특례입학에. 좀 이제는 산 사람들도 살아야죠."

나: "사장님께서도 이야기하는 걸 원하셨으니 제가 아는 범위에서만 말씀드리겠습니다.

첫째, 오해하신 보상 건은 유가족의 요구가 절대 아닙니다. 정부의 일방적인 제시였습니다. 그리고 보상 건은 아직 특별법이 진행 중이므로 확정된 게 아닙니다. 현재 유가족은 진실 규명을 통한 다음 세월호 같은 2차 사고의 참사가 없길 원하고 있는 것입니다.

둘째, 사장님께서 애도가 충분하다고 하셨는데 그 '충분하다'의 기준은 기간인가요? 아니면 사장님 개인적인 기준을 말씀하신 건가요?

'충분하다'라고 할 때의 '만족'은 당연히 오직 개인적인 기준일 때만 가능한 게 아닐까 합니다.

마지막으로, 저는 이 노란 리본 배지로 슬픔을 강요하려는 게 아닙니다. 단순히 시간이 지나면 잊혀지는 사건이 아니라, 역사로 기억하고 싶은 것입니다.

업체: "아니 '사건'이나 '역사'나 뭐가 달라요? 어차피 과거의 사실일 뿐인데. 아주 2년간 세월호 때문에 경제도 죽고, 죽겠단 말이오."

나: "네, 이 사건은 과거의 사실이 맞습니다. 하지만 역사는 그 사실을 바라보는 관점과 해석이 필요합니다. 사건은 그냥 잊혀지고 다시 되풀이됩니다. 그러나 역사는 그 사건을 통해 진보합니다. 그래서 지금보다 조금 더 나아질 수 있는 것입니다.

저도 유가족도 바라는 것은 딱 하나입니다. 지금보다 안전한 나라입니다.

경제보다 중요한, 저기 액자 안에 있는 사장님의 세 따님의 웃음까지 오래도록 지켜주고 싶은 것입니다."

---

* 사장님이 나를 잘 보신 것인지, 제품이 마음에 들어서인지 모르겠지만 어쨌든 계약에 성공했고, 더욱 많은 사회 이슈에 대해 이야기할 수 있는 유일한 거래처가 되었다.

우리는 가끔 말이 안 통한다는 이유로 대화하기조차 꺼린다. 그럴 때면 개인적으로 좋아하는 계몽 철학자 볼테르의 말을 전하고 싶다. "우리들의 부싯돌은 부딪혀야 빛이 난다." 즉, 서로 간의 의견 대립 없이 진리는 스스로 빛나지 않는다는 것이다.

경쟁

출근 시간은 8시.

매일 7시 40분에 도착하는 나에게 팀원 중에 가장 늦다는 불호령이 떨어졌다.
'아, 출근도 경쟁이구나!'

그날 6시에 퇴근하겠다고 말을 했더니 가장 빨리 간다고 불호령이 떨어졌다.
'아, 퇴근은 눈치구나!'

경쟁을 그리 좋아하는 분들께 제안합니다.
"빠른 출근도 경쟁이면, 빠른 퇴근도 경쟁시켜주세요."

무능력

무능력한 사원은 본인이 가장 손해지만,
무능력한 팀장은 팀원들을 힘들게 하고,
무능력한 사장은 회사 전체를 위기에 빠뜨린다.

그만둘 조건

지금 당장 그만두어야 할 회사에 대해 생각해본 적이 있다.

첫째는 선배이다.
한 명이라도 존경하고 배울 선배가 없거나 그런 선배들이 자주 퇴사하는 곳.

둘째도 선배이다.
첫째 조건의 정반대의 사람들이 빠른 승진과 요직을 차지하고 있는 곳.

그런 곳은 당장 그만두어도 된다고 본다.
만약 당신이 볼 때 둘째 조건이 오히려 매력적인 조건이지만 않는다면.

하루

얼마나 오래 살기 위해 노력하는 요즘
어떻게 하루를 보냈는지 생각했었다.

365일이 도망친 오늘 하루와 같다면,
내일 죽는대도 무엇이 다를까.

매일 올 것 같은 하루라는 내 연인에게
내가 할 수 있는 것은 단 하나

어제보다 더 나은 사람이 되어 있어야지.

3

성인 공감, 우리들이 사는 세상

Be who you are and say what you feel,
because those who mind don't matter and those who matter don't mind.

―버나드 바루크(Bernard Baruch), 《Shake Well Before Using》 중에서

줄어드는 것들

어른이 되고 나서 점점 줄어드는 것이 있다면?
피부의 탄력.
언제든 연락해 만날 수 있는 친구.
언제였는지 기억 안 나는 폭탄 웃음.
그리고 뭔가를 하면서 두근거리는 설렘.

계급사회

다수는 소수와 타협하지 않는다.
굳이 할 필요가 없기 때문이다.

강자는 약자를 배려하지 않는다.
그들의 무능을 탓하기 때문이다.

아무리 착한 주인도 노예를 절대 존중하지 않는다.
만약 그런 주인이라면 처음부터 주인이 되길 포기했다.

커피숍 풍경

모두 핸드폰을 부여잡고 커피 한잔 중
오직 소개팅하는 저 남녀만 대화 중

얼굴 보며 커피를 마시고 대화하는 곳에서
커피를 마시며 각자 핸드폰을 보는 곳으로.

주문한 커피의 맛보다는
핸드폰을 편히 볼 장소가 필요했었나 보다.

앞에 사람과 대화 말고
같이 핸드폰을 만질 사람이 필요했었나 보다.

외모 지상주의

사람마다 미적 기준의 차이는 다르겠지만, 아름다운 사람에게 끌리는 것은 본능적으로 견지하는 입장이다.

그러나 예쁘다는 것이 한 사람의 첫인상에 긍정적인 것을 넘어, 주위에서 면접의 스펙으로 혹은 결혼의 수단으로 변질되는 현대의 과한 작태를 보게 된다.

이런 외모 지상주의적 변화의 문제를
  1. 대중매체의 미적 기준이 성형미인과 여성의 과한 섹시미를 상품화시켜 강조한다는 점.
  2. 정보화 사회에서 빠르게 타인을 파악하기 위해 오직 외적인 모습만으로 판단하려는 점.
이 두 가지로 크게 생각한다.

이런 문제의 결과로 개인의 자존감 상실에 따른 외적 변화에만 치중하는 현대인들.

사실 외모가 수려하면 수많은 관심은 받을 수 있다.
하나 관심은 말 그대로 타인의 관심일 뿐이며, 당신의 미모가 사라지면 함께 사라질 신기루 같은 것이다.

SNS의 많은 미녀와 미남들의 사진에 붙은 수많은 '좋아요'는 외모란 상품성에 대한 관심 그 이상도 아닌 것이다.

미스코리아도 '진'심의 사람을 첫째로 하며, '선'한 마음을 둘째로 하며, 마지막으로 외적 모습을 평가한다.

내가 생각하는 외모 지상주의 시대에 할 수 있는 첫 번째 노력은 '스스로에게 만족하는 나를 만드는 것'이다.(모든 사람을 충족시키는 아름다움은 없다.)

그리고 두 번째는 타인의 관심에 귀 기울이기보다 나의 존재가치를 진심으로 사랑하는 한 사람을 위해 집중하는 것이다.

외모지상주의 현실에서 우리는 관심과 사랑을 헷갈리지 말고, 어떤 관계 속에서도 절대 나를 잃어버려서는 안 된다.

아름다움

바라보는 대상에 있는 것도
두 눈에 있는 것도 아니었다.
바로 내 마음이었다.

바로 앞 활짝 핀 장미꽃이 있어도
내가 기분이 언짢다면 어떤 것도 아름답지 않았기 때문이다.

그럼 '아름답다'는 것은
그 대상이 가진 아름다운 의미 말고도
내가 그 아름다움을 볼 준비가 수반될 때만 가능했나 보다.

대한민국이

잘사는 나라보다, 가장 웃음이 많은 나라가
가장 빠른 인터넷 속도보다, 가장 빠른 인명구조가
한 명을 위한 백만이 아니라, 백만 한 명이 되는
다수를 따름이 아닌, 소수의견을 존중하는
돈보다, 사람이 더 가치 있는
그런 대한민국을 바라본다.

죽음의 문턱

죽음에 가깝다는 건
어찌 보면 자연스레 늙어가는 노화와의 연관성은 두 번째일지도 모른다.

내가 생각하는 첫 번째는 '얼마나 삶에 집중할 수 있는 환경인가'이다.
주체적 삶이 불가능한 상황에서 한 발짝만 뒤로 가면 죽음이란 절벽이 코앞에 다다를 때가 있다.

굶주린 사자가 눈앞에 있거나
한 손에 움켜쥔 손잡이 밑이 하필 낭떠러지이거나
한 발짝만 움직여도 작동되는 총이 머리를 겨누고 있다면.

살아도 사는 것이 아니란 말이 있다.
즉, 어떤 방법으로든 이 죽음의 문턱에서 벗어날 수 없어 차라리 그 끝을 애타게 기다리고 있는 것이다.

폭력이란 힘에 쫓기며 평생을 숨어 지내고,
내일 먹을 양식이 없어 물로 버티고,
심지어 그 깨끗한 물을 마실 수도 없는 상황들.

그들은 죽지 않았지만 사는 것도 아닐 것이다.
삶에서 저 멀리 떨어진 그들은 죽음의 목전에 있는 것이다.

우린 주위의 그들에게 조금 더 많은 관심을 가져야 한다.
지금이야말로 다른 사람이 아파하고 있는 것만으로도 마치 나도 같이 아픈 것 같은 '공감'이란 이 두 글자가 절실한 시기다.

변화의 조건

알아야 이해하고
이해해야 공감된다.
공감되면 행동하고 싶고
행동하면 변화가 가능하다.

무엇을 변화하고자 하면 우선 알아야 한다.
보다 나은 당신의 삶을 위해서라도.

세 번의 기회

평생 우리에게 찾아온다는 세 번의 큰 기회.
그 기회는 선택 후의 결과가 아닐까.

어떤 고민의 결과가 좋았다면 '성공'이었고
결과가 좋지 않았다면 '실패'라 하지 않는가.

하나 어떤 기회도 선택하지 않는다면
정작 단 한 번의 '기회'도 오지 않은 것이었다.

희망

우리가 '기대'를 하지 않은 버릇은
'실망'에 대한 예방접종임을 다들 안다.

하나 그 '기대'란 게 작아짐으로써
우리의 '희망'조차 작아져서는 안 된다.

백 번 중 단 한 번의 실현이라도 되었다면
그것으로써 희망은 가치 있단 걸 잊지 말자.

p.s 희망이란 이름에 정작 당신의 그림자가 보이지 않는다면 그것은 절망이 된다.

편하다

나도 안다.
세상은 나보다 안 똑똑한 사람이 많을수록 살기 편하다는 걸.

허나,
그걸 기대하는 것보다는 남들보다 내가 똑똑해지기 위해 노력하는 게 빠르더라.

전자는 내가 기도밖에 할 수 있는 게 없고,
후자는 나만 노력하면 되더라.

박수

오늘도 하루라는 고난을 이겨낸 당신께 박수를 보낸다.

셰익스피어가 말한 삶의 탐닉보다
상사의 욕설이 더 친숙했던 오늘.

여자 친구가 생기겠단 기대감보다
썸녀의 남친 생겼단 문자가 먼저인 오늘.

로또를 맞춰보니 여섯 개가 다 맞은 기쁨보다
지난주 번호였던 걸 알게 된 오늘.

그 모든 것을 이겨냈기에 당신에게 박수를 보낸다.

공유

나만 가지면 잠시 내 것 같지만
함께 가지면 영원히 너와 내 것이 된다.

나눈다고 줄어들지 않으며,
가진다고 절대 나만의 것이 될 수 없다.

그게 정보이든 따뜻한 마음이든 촛불이든 말이다.
그러니 나누자. 혼자 가지려 하지 말고.

(자매 품―선물하기 좋은 책 『0감 paper』도 있습니다.)

매몰비용

: 어떤 지출이나 손해가 발생했지만 회수할 수 없는 비용.

대학 시절 경제수업 첫 시간 경제 교수님께서 가르침을 준 경제용어.
그리고 살면서 가장 가슴속에 새겨져 있는 단어.

예를 들어 나는 지갑을 잃어버렸다.
그런데 기억나는 모든 곳을 찾았지만 지갑은 없었다.
이때 난 선택해야 한다.

1. 잃어버린 상실감에 괴로워한다.
2. 어차피 잃어버린 거 카드 해지하고 잊어버린다.

당신이라면 어떤 선택을 하겠습니까?

매몰비용이론은 현실에서 다양하게 적용될 수 있다.

먹어보니 잘못 선택한 점심 메뉴.
나를 떠나버린 나쁜 당신.
좌회전했어야 했는데 지나친 도로 위.

이 매몰비용이론에서 중요한 건 어떤 문제가 발생했을 때의 우리 마음가짐이다.
그냥 '어쩔 수 없지'라며 바로 체념하자는 뜻이 절대 아니다.

우리의 망각이란 유용한 장치를 이용해서 차라리 새로움을 받아들이자는 것이다.
당신은 이런 우리의 자발적인 노력에 의해 발생된 문제를 쭉 가져가느냐
또는 여기서 멈추게 하느냐 결정하는 주체가 된다.

스무 살 때 배운 매몰 비용은 마치 아기의 태도와도 같다.
넘어졌던 것을 금방 잊어버리고 다시 걸어보려는 아이의 모습처럼 우리도 이제 그만 놓지 못하는 것들을 이젠 놓아버리자.

사랑해야 하는 이유

내가 나를 사랑하는 이유는
죽어가고 있으니깐.

벚꽃이 조화보다 좋은 이유는
곧 지고 마니깐.

죽어가는 모든 것들을 사랑하자.
나와 가족, 사랑해야 할 우리들.

답장 너

대부분의 질문자들, 특히 사연을 보내는 사람들은 본인의 문제를 편지에 적기도 전, 그리고 쓰면서도 충분히 곱씹어 보았기에 어느 정도 본인의 답을 가지고 있더라.

질문의 유형마다 차이는 있겠지만, 그럼에도 불구하고 굳이 타인에게 물어보는 이유는 무엇일까?
첫째, 시험이 끝나자마자 반 1등에게 가서 내 답과 비교하며 가채점하듯이 본인과 같은 대답을 듣고 싶은 욕구는 아닐까.

둘째, 혹시라도 내 선택이 틀렸을지라도 반 1등도 틀렸다는 위안을 얻고 타인에게 내 선택의 오류에 대한 책임을 전가해서 일정 부분 벗어나고 싶었던 것은 아닐까.

한데 시험지는 답이라도 있지만, 삶에는 과연 답이 있을까.
오직 선택 후 만족과 후회만 있는 것이 않을까.

경험상 무엇을 선택하던 가장 후회가 적은 방법은, 누구에 의해서가 아닌 내가 직접 선택하는 것이었다.
그 누구도 나보다 내 문제에 대해 가장 자세히 알지 못하고, 내 문제에 적극적인 사람은 없었다.

담는 것

길을 가다 휴지 하나를 예쁜 화분 위에 버렸다.
돌아오는 길 그 화분에는 쓰레기들이 수북했다.

쓰레기통 위에 흙을 담아 꽃을 심었다.
사람들이 꽃과 함께 사진을 찍기 시작했다.

똑같이 담는 것이지만 너무 달랐다.
처음에 무엇을 담았는지 그리고 꾸준히 담겼는지가
결국 무엇이 될 것인지 결정했다.

추락과 상승

우리는 가끔 착각한다.

남이 추락했다고 해서 내가 대신 올라갔다고 말이다.

내가 남의 불행에만 관심을 갖는 사이

정작 찾아온 자신의 행복이 지나쳤는지도 모른 채.

배려

배려는 저기 아이와 걷는 아빠와 같다.
잠시 내가 걷던 걸음걸이를 잊고,
아이의 손을 잡고 보폭을 맞춰보는 것.

아빠의 오른손을 잡고 걷는, 무릎 높이도 안 되는 딸아이는 그 짧은 손을 쭉 뻗은 채 아
빠를 데리고 간다.

그 둘의 걷는 뒷모습을 보아하니, 저절로 미소가 안 나올 수가 없었다.

배려는 저 아빠의 모습이 아닐까.
팔을 쭉 내려 아이의 팔 높이에 맞추고, 보폭이 좁은 아이에 맞춰 천천히 함께 걷는 것.

잠시만이라도 내가 아닌 네가 되어보는 것.
지금의 입장이 아닌 그때의 입장이 되어보는 것.
그것이 '배려'가 아닐까.

4비

비평은 대상의 가치를 논하는 것이고,
비판은 옳고 그름을 판단하여 지적하는 것이다.
비난은 대상에 대한 존중 없는 일갈이며,
비방은 기준도 책임도 없는 헐뜯음이다.

중요한 것은 비평과 비판의 구분을 못 하는 안타까움보다
비평과 비판이 비난과 비방과 같이 여겨지는 것이며,
비평과 비판이 적어지는 사회에는
비난과 비방만 늘어간다는 것이다.

선입견

그 사람이 미우면 모든 게 미워지고
그 사람이 좋으면 모든 게 좋아지더라.

그를 미워하는지 좋아하는지에 대한 내 마음이
결국 그가 좋은 사람이 되기도 하고 나쁜 사람이 되더라.

한 번만 보고 저 사람을 잘 아는 듯이 말하는 사람들은
마치 청과 직원의 자신감과 크게 다르지 않았다.

전문가처럼 두드려보고 건네받은 수박이 맛은 왜 이리 없던지.

이해의 시작

타인의 말을 듣기도 전에 내가 할 말을 준비하고 있고,
타인의 말이 끝나기도 전에 내가 할 말을 해버리고,
타인의 말이 무슨 말을 했는지보다 '아 이 말을 더했어야 했는데' 하며
아쉬워하는 우리의 자기만족 대화법에서

모든 이해의 시작은 첫째가 경청.
둘째는 그 첫째를 절대 잊지 않는 것.
마지막은 "그래 네 생각이 틀린 것은 아니지."

자격

완벽히 준비된 나를 좋아하는 사람과
나의 부족함까지 안고 갈 수 있는 사람.

눈이 매력적인 한 여성을 안다.

얼굴은 너무 아름다우나 비만의 몸매를 가진 그녀에게 한 여성이 물었다.

"왜 살을 빼려 하지 않으시나요?"

"아니요. 전 빼본 적도 있어요. 그러나 지금은 굳이 안 빼고 있죠."

"왜요? 예전 늘씬한 사진을 보니 엄청 아름다우시던데요."

"전 지금의 내 모습 그대로 좋아해줄 그에게 선물을 주겠어요. 오직 그 남자만이 늘씬해진 저와 사귈 자격을요."

기준

누구나 본인의 기준에서 좋은 사람이 되면 된다.
중요한 건 그 기준이다.

얼마나 옳고 그른지 평가하는 스스로의 기준이 바로 내가 된다.

내 안의 법관이 얼마나 공정하게 판결했는지
어떤 외부의 압력도 없던 깨끗한 판결이었는지
판결된 것을 제대로 이행했는지
이행 후에 되돌아보며 반성했는지

좋은 사람은 없었다.
평생 좋은 사람이 되려는 사람만 존재할 뿐.

손가락을 접어본다

가족을 제외한 소중한 사람의 이름을 떠올린다.

한 명씩 부르면서 나의 손가락을 접어간다.

인간의 손가락이 원래 이렇게 많았던가.

아니면 손가락 접는데 이렇게 많은 힘이 필요했던가.

외로움이 그리운 이유

혼자라서 외로운 게 아니라
혼자란 느낌 때문이었다.

수많은 사람들과 함께해도
외롭기 마찬가지였으니.

그 느낌이 꼭 나쁘지는 않았다.
그때만큼은 나만을 직시하게 되니깐.

거울 속의 내가 아닌,
거울을 바라보는 내 모습을 보는 시간이 요즘 몇 번이나 있었는가.

가끔은 외로움도 그리워지는 때가 있다.
너무 바쁜 나머지 정작 나를 잃고 살 때만큼은.

책의 마중

책은 팔리는 게 아니었다.
작가와 독자란 각자의 이름으로
책이 먼저 마중 나가는 것이었다.

작가가 책이란 편지에 독자를 위한 글을 담아
독자는 그 책을 읽으며 작가와 일대일로 교감한다.
서로가 함께 지적 향연을 펼쳐지는 중간 지점.

그 지점에서 일어난 번쩍이는 스파크들이
온 세상을 비추는 별과 같이
어둠을 게워내고 각자의 지성(星)을 밝히길 바란다.

지금 이 순간

기쁜 일에도 표정이 밝지 않았다.

분명 기쁜데도 곧 슬퍼질까 봐 기뻐하지 못하고
둘이라서 행복함에도 어느 날 혼자될까 봐 두려워하면

대체 언제 기뻐하고 행복할 수 있을까.

그렇다고 슬플 때 안 슬퍼하고,
불행이 찾아와도 불행하지 않다고 자신할 수 있을까.
차라리 맘 편히 기뻐하자. 그리고 행복하자.

지금 이 순간이라도 그래 봐야지.

꼰대의 특성 –동정심 괴리

"아니 나는 했는데, 너는 왜 못해?"

'동정심 괴리'라는 말이 있다.
: 과거에 특정 문제를 겪어낸 사람의 경우, 똑같은 문제에 처한 다른 사람을 볼 때 오히려 동정심을 덜 느끼게 된다.
―미국 노스웨스턴대학교 연구팀의 조사.

즉, 동정심 괴리란 다른 사람의 행동을 이해함에 있어서 감정적 원인은 과소평가하고 감정과 무관한 다른 요소만을 중시하는 경향을 말한다.

따돌림당했던 사람이 따돌림당하는 사람에게 더 폭력적이고,
선배가 후배에게 "나 땐 이렇게 쉽게 극복했는데, 너는 왜 못해?" 하며 단지 나이가 많아서라는 이유로 거침없이 내뱉던 수많은 꼰대 말들.

그들은 특정한 어려움으로부터 벗어난 경험이 있는 선행자들이라서 그 문제가 괴롭다는 '사실'은 기억할지언정 당시에 실제로 자신이 느낀 괴로움의 정도는 잊어버리고 상대의 아픔을 과소평가하는 괴리를 보이는 것이다.

심지어 우린 부모라는 이름으로도 꼰대가 되어서는 안 된다.
자식을 위한다는 그 마음이 결국은 부모의 욕심으로 투영되기도 하더라.

당신의 손

사람의 손이 두 개인 이유는 무엇일까?
당신에게 손을 내민 손을 잡기 위해, 그리고 나머지 한 손은 또 다른 이에게 손을 내밀기 위함이 아닐까.

그런데 왜 우린 항상 누군가가 내게 손을 먼저 내밀어 주기만을 기다리고 있을까.
왜 몸이 불편한 분을 바라보기만 하고,
큰 수레를 끌고 가는 노인의 뒷모습을 지켜보기만 할까.
왜 넘어진 아이의 모습에 안타까워만 하고,
왜 사랑함에도 먼저 잡아주길 기다리고 있을까.

천수관음 보살의 천 개의 손에는 천 개의 눈이 박혀 있다.
손에 눈이 달린 의미는 보고 손으로 헤아린다는 뜻이다.
천수보살의 손이 구원의 손길이지만, 우리처럼 바라만 보는 손이라면 무슨 의미가 있을까.

손은 따뜻함이며, 다정함이며, 사랑이고, 연대이다.
당신이 쓰러질 때 일으키는 것도 남의 손이지만, 당신이 남을 일으켜줄 존재라는 증명이 바로 그 손에 있다.
그래서 당신은 누군가의 존재만으로도 소중한 존재가 되는 것이다.

오른손과 왼손

이적은 오른손잡이지만
'왼손잡이' 노래를 불렀고

나는 오른손잡이지만
왼쪽 알통이 더 크다.

오른손을 주로 쓴다고
왼손이 소용없지 않듯이

다수의 사람들로 인해
소수자들의 소중함이 줄어들지 않는다.

전제 조건

좋은 사람이 되기 위한 전제 조건.

내가 좋은 사람이 되면
좋은 사람도 모이지만 날 이용하려는
나쁜 사람이 더 많아진다.

내가 나쁜 사람이 되면
좋은 사람들은 절대 안 모이고
나쁜 사람들은 모인다.

내가 좋은 사람들 곁으로 가면
물들어 나도 좋은 사람이 된다.

내가 나쁜 사람들 곁으로 가면
물들어 나도 나쁜 사람이 된다.

결국 내가 좋은 사람이 되기 위한 전제 조건은
평생 혼자 좋은 사람이 되기보다
열심히 좋은 사람들을 찾고 솎아내는 것이 아닐까.

물론 깡패도 서로 좋은 사람이라고 하긴 하더라.
잘 찾고 잘 솎아내자.

운전

운전을 하면 성격이 나오는 게 아니라

운전을 하니 성격이 더러워진다.

존중

타인을 가장 존중하는 것이 그를 착하다고 인정하는 것이 아니다.
착함을 알고 있기에 나도 함께 배려한다는 것이다.

종종 타인의 배려를 분명 알고 있음에도 불구하고 오히려 그 점을 이용하는 사람을 본다.
그것은 더 이상 그를 소중한 존재가 아닌 필요의 존재로 여기는 것과 같다.

여기서 필요의 존재란 본인의 Needs만을 충족하려는 사람이다.

Need는 채워지면 끝인 욕구이지만,
Love는 오직 상대를 기쁘게 하고픈 열정이다.

특히 존중이란 가치는 타인에 대한 사랑의 시작이 되며,
이성 간 사랑의 관계에서 존중의 가치는 더욱 공고하는 데 기여한다.

결국 이런 상대방에 대한 존중의 시작이 바로 사랑의 완성을 결정한다.

어머니란 이름

"여성은 약하지만 엄마는 강하다."

언제였던가…… 왜 울음이 터지는 날이면 어김없이 '엄마'란 말이 가장 먼저 입에 나올까에 대해 생각해봤다.

우리는 약 8~9개월간 엄마의 호흡 없이는 숨조차 쉴 수 없는 보금자리에서 살았었다. 엄마의 느낌, 생각, 음식, 호흡 모든 것을 평생 그때 단 한 번만 원초적으로 느낄 수 있었을 것이다.
엄마의 일부에서 뛰쳐나오는 순간부터 우리는 세상이란 거친 고난의 삶과 대면해야 했고 절대 다시는 그 보금자리로 되돌아갈 수 없음을 커가며 깨닫게 된다.

혹시 우리 눈물의 시작이 태초의 슬픔을 상기시킨 것은 아닐까?
그때 흘린 엄마의 슬픔과 눈물이 탯줄을 타고 보금자리에 있던 내게 고스란히 전해졌지만 정작 내가 해줄 수 있던 것이라고는 입만 뻥긋거릴 수밖에 없던 그때의 아픈 기억들.

그렇게 나의 탄생부터 내 슬픔과 엄마의 슬픔이 연결되어 있는 것은 아닐까.
그래서 '엄마'란 이름만 불러도 가슴이 먹먹해지는 건 아닐까.

혹여 당신이 다음 생에 나의 자녀로 태어난다 해도 당신보다 더 사랑해줄 자신이 없을 만큼 위대하다는 걸 알게 돼서는 아닐까.

내게
어머니란 이름은 '평생의 슬픔'이다.
당신의 넘치는 사랑을 평생 갚지 못하는 나의 아픔이다.
죄송합니다…… 엄마.

어른의 눈물

맘대로 울지 못하는 어른이 되어버린 후
정작 눈물 만드는 법을 까먹어 버렸다.

일부러 슬픈 영화를 찾아보기도 하고
애써 이별 노래만을 들어보기도 했다.

애써와 일부러란 가식들이 채워갈 즈음
내 가슴에는 인공적인 슬픔들로 메워졌다.

그렇게 어른이란 핑계의 가면을 쓰고 난 뒤부터
따뜻하게 품던 순수라는 단어를 결국 유산(流産)하고 말았다.

행동의 이유

말은 누구나 할 수 있지만
행동까지 하는 사람이 별로 없다는 걸 알고 나서 내 삶도 달라졌다.

그렇게 간절히 원하는 로또도 내가 사야만 당첨이 된다는 당연한 의미조차 우리는 잊
고 산다.
다짐만 하고 살기에 차가운 시간이란 놈은 우리를 절대 기다려주지 않는데 말이다.

어른의 정의

어른(adult)의 사전적 의미는 민법상으로는 19세 이상의 성인을 말한다.
그럼 19세 이상이면 모두가 어른이 되는 것이 맞을까?

우선 어린이와 어른의 사이에 사회적 책임의 차이가 존재한다.
어린이는 넘어져도 일으켜줄 어른들이 항상 존재한다.
반면 어른은 넘어지면 스스로 일어서야 한다.

어른 나이가 된 내가 어린이였을 때의 안전벨트는 과연 누가 매주었을까?
바로 당시의 어른들이었다.

1960년대의 산업화와 민주주의를 위해 싸워온 우리 부모님들.
그들은 왜 최루탄과 총 앞에서도 '자유와 평등'을 외쳤을까?
오직 스스로와 자신들의 자녀를 위해서였다.

1930년대의 일제식민지 시대의 독립군들도 그래왔다.
조국을 위해서라고 말은 했지만 그 조국은 나와 사랑하는 사람이란 국민이 없으면 존
재할 수 없다.
이렇게 역사는 오랜 시간 '자유와 평등'을 위해 나를 희생했고 싸워왔다.
누구를 위해? 본인과 우리의 자녀를 위해.
누가? 당시의 어른들*이었다.

그러면 어른의 정의는 재정의되어야 한다.
최소한 사회 부조리에 대해 비판할 수 있는 책임 있는 사람.
그런 비판을 표현, 행동으로 옮기는 책임 있는 사람.

어렸을 때는 빨리 어른이 되고 싶었는데,
어른이 되려고 노력하다 보니 알겠더라.

나이만 먹은 어른 말고
자격 있는 어른이 된다는 게 얼마나 어려운 것인지.

---

* 조선 시대에는 평균 10~17세를 어른이라 하였다.

독서의 경제적 효과

독자가 책 한 권을 산다는 건

제지사가 인쇄소에 종이를 제공한다.
인쇄소는 계속 책을 찍어낼 수 있다.
서점의 직원들에게 월급이 제공된다.
작가가 책을 쓰고 인세가 들어온다.
출판사는 판매 자금이 들어온다.
책을 배송하는 택배 아저씨가 월급을 받는다.
배송하다가 주유를 하니 주유소 직원의 월급이 제공된다.
경비아저씨에게 책을 맡기니 경비아저씨의 월급이 제공된다.

독자 한 명으로 인해 이렇게 수많은 일자리가 창출되고 독자의 소비로 자원의 교환 및
소비가 이루어졌다.
그런 의미에서 높은 독서율은 내수경제 활성화에 큰 효과가 있지 않을까.
물론 책이 종이로 탄생하기 위한 소중한 나무 한 그루를 심어야 함을 잊지 말자.
(이 글을 특히 서점과 출판사 사장님들이 좋아합니다.)

소녀상

소녀상의 헝클어진 단발머리는 당시의 원치 않던 곳으로 끌려가야 했던 것을 상징하며,

소녀상의 어깨 위 새는 전쟁 없는 평화를 기원하며,

소녀상의 두 손은 끝까지 저항하겠다는 자유의지이며,

소녀상의 맨발이 뒤꿈치를 든 것은 겨우 살아 돌아와서도 성노예의 치욕 속에서 평생을 살아야 했던 상처이며,

소녀상의 그림자는 소녀가 어느새 구부정한 할머니가 되었음이고,

마지막 빈 의자는 절대 당신들의 상처를 혼자 내버려두지 않겠다는 우리들의 뜻이란다.

아픔은 시간이 데려가지만
역사는 사람들이 간직한다.
그래서 지울 수도, 잊어버릴 수 없는 것이 아닐까.

인류의 한 사람으로서 이 세상의 전쟁 없는 평화를 기원한다.

팽이 돌리기

동네 앞 아이들이 팽이를 돌린다.
팽이 꼭지에 줄을 감고 한 땀 한 땀 정성껏 말아 올린다.
먹음직스러운 크루아상처럼 완성된 팽이를
온 힘을 다해서 땅에 내리친다.

팽이는 거친 비포장도로 어느 한 점에 정착하여 거침없이 돌고 또 돌아 자신의 뾰족했던
심으로 거침을 없애고 오직 그곳에 고름을 만든다.

돌고 돌다 지친 팽이를 본 아이들은 연신 자신의 팔이 빠지도록 팽이의 볼을 어루만지
기 시작한다.
언제 그랬냐는 듯이 팽이는 활력을 다시 찾고, 심이 닳든 벗겨지든 아무 말 없이 묵묵히
땅의 거침을 평탄케 만든다.

Kevin's second paper
공감페이퍼

팽이의 心

모든 사랑에도 시작을 위해 공(功), 즉 정성이 들어간다.
팽이를 돌리기 위해 한 땀 한 땀 공들여 줄을 감은 아이들처럼.

그렇게 시작한 사랑은 맹렬하게 자신을 표현한다.
자신의 심(心)이란 가장 가치 있는 것이 닳더라도 오직 한 점(그/그녀)에 정착하기 위해
부단히 노력한다.
거친 너와 나와의 벽을 뚫고 고르고 평탄히 만드는 노력이 심(心)을 통해 이뤄진다.

진행된 사랑은 곧 한계에 부딪힌다.
온 힘을 사랑의 평탄을 위해 만드는 데 쓴 심의 존재는 이제 멈춰야 할 때를 감지한다.
어떤 팽이도 시간이 지나서는 지치게 되며 서서히 자신의 본래 모습으로 돌아가려 한다.

아이들이 했던 온 힘의 채찍질은 유년기로 회귀하려는 노력이다.
더욱 어렸던 유아기의 아이들은 기존의 사랑을 받는 존재에서, 직접 사랑을 배우며 사용
하는 유년기의 존재로 발달한다.
배고픔의 욕구를 끝내야만 했던 나에서, 배고프지만 먼저 나눠줄 줄 아는 나로 성장하
는 것이다.
내가 가진 배고픔을 온 힘으로 극복하고 오직 사랑하는 대상을 위해 존재하려는 마음.
나를 잠시 잊고서라도 오직 사랑하는 사람을 위해 마음을 회복하는 그 성숙의 단계.
팽이는 더욱 힘차게 돌아 나(心)를 모두 닳아버릴지언정 당신의 마음에 닿고픈 마음.
이런 나의 진심(眞心)이 진정한 사랑의 모습이 아닐까.

내비게이션

삶이란 내비게이션에
꿈이란 목적지를 찾기 위해
오랜 시간이 걸려야 했다.

겨우 찾은 꿈을 검색했더니
가장 빠른 길은 '노력'이고
무료로 가는 길은 여전히 '꿈'이라더라.

평생의 꿈으로만 남기기 싫어
노력이란 길로 목적지였던 꿈에 도착했더니
내비게이션은 내게 말했다.

"다음 목적지를 등록하세요."

꿈의 실현은 삶의 마지막이 아니었다.
내가 얼마나 열심히 살았는지에 대한 흔적이었다.

제대로

세상이 아무리 바쁘고 빨라져도

음악을 1절만 듣지 말고

영화를 2배 속도로 보지 말고

사랑을 너무 쉽게 하지 말자.

세상이 아무리 빨라져도 할 건 제대로 하자.

요섹남

작년 2015년 방송계의 가장 큰 화제는 '요섹남'이 아니었을까?

깔끔한 하얀색의 조리복을 입은 남성들이 나와서, 갖가지 요리와 불의 향연을 선보이며 음식에 대한 지적인 모습까지 맘껏 보여주었던 남성 요리사들.

과거 주방이란 여성의 주 공간에서 그것도 화려한 요리 실력을 가진 잘생긴 남자들이 다양한 요리를 보여줌으로써 여성들이 꿈꾸던 판타지의 묘미까지 가미된 게 아닐까.

이런 요섹남 열풍 덕분에 많은 남성들이 요리학원을 다니며 요리를 배웠다는 점에서 매우 긍정적으로 생각한다. 오랜 가부장제의 못된 악습 중 하나였던 주방이란 여성 고유의 영역이라는 딱지를 드디어 성의 구분이 아닌 너와 나라는 공동의 영역으로 탈바꿈되는 계기가 된 것이었다.

그러나 개인적으로 방송에 나온 남성 요리사들은 사실 요섹남이라고 불리기 부족한 남성들이다. 단지 그들은 직업이 요리사이며 주방이 직장 터전이었던 것이다.

진정한 요섹남의 조건은 서툴고 잘은 못 하지만 사랑하는 상대방을 위해 요리를 도전하거나 주방에 같이 들어가 도와주는 세상 모든 평범한 남자들이 아닐까 생각한다.

그런 면에서 명절날 소파에 누워 티브이를 보다가 갓 요리한 따뜻한 전을 홀딱홀딱 먹기 바쁜 남자들이 아직도 있다면 제발 이제부터라도 당신이 그 요섹남이 되어보길 권유한다.

주방은 더 이상 여성만의 조리 공간이 아닌 공동의 조리 공간이며 남녀가 즐거움을 키울 사랑의 공간임을 잊지 말자.

움직이세요. 요섹남들.

장바구니

이제 조금 알겠다.

여성들이 장바구니에 사지도 못할 것들을 잔뜩 넣는 것이나.

내가 언제 읽을지도 모를 책들을 담아 놓는 것과 무엇이 다를까.

그 마음 이제 조금 알겠다.

수준 1

현재 생각하는 것들이

나의 수준이며,

내가 행동한 지금 것들이

나의 미래가 되더라.

수준 2

유능한 정치인들을 뽑지 못하는 국민 수준.
능력 있는 문학가를 못 알아보는 독자 수준.
재능 있는 예술가의 필요성도 모르는 우리 수준.

딱 그런 수준만큼만 갖게 되는 우리의 현실.

행복의 조건

행복은 상처받지 않으려 노력하는 게 아니다.
상처받을 걸 알지만 하고 싶은 걸 하는 것이다.

차일 수도 있지만 고백하는 것
이별할 수 있지만 사랑하는 것

상처받지 않는 삶이 아니라
상처를 받더라도 원하는 것을 얻어내는 것

추운 겨울이 왔다고 당신이 좋아하는 아이스크림을 정녕 포기할 텐가.

평가

우리는 평생 사람들을 평가하느라 정신없이 살고 있다.
그것은 어찌 보면 좋은 사람을 판단하기 위한 개인의 끊임없는 구분일 것이다.

한 사람이 길을 걷다가 할머니의 짐을 들어주는 것을 보고 참 착한 사람이라고 했다.
그 뒤 10미터도 가지 못해 정지선을 안 지킨 차주에게 쌍욕을 퍼붓는 그를 보고선
저 사람 그리 안 봤는데 너무 하네, 라고 평가가 바뀌었다.

어느 텔레비전에서 우연히 잡힌 할머니를 도와준 그를 보며 착하다고 할 것이고,
다른 채널에서 횡단보도 앞에서 쌍욕을 퍼붓는 그를 보면 욕쟁이로 기억될 것이다.

이처럼 그가 어떤 사람인지 모든 사람들의 평가가 일관될 수 없다.
혹시 누군가의 새로운 모습을 보고 놀랐다면 당신이 기대한 그의 모습과 달랐기 때문
이다.

진심으로 그/그녀를 알고 싶다면, 오래 봐야 한다.
오직 그/그녀의 태도들이란 그때그때마다의 누적성이 필요하다.
그때 비로소 그 사람을 조금은 안다고 할 수 있다.

그렇기에 우린 어떤 모습에도 놀라지 말아야 한다.
원래부터 그는 그런 사람이었다고 생각해야 한다.
반대로 당신답지 못하다고 말하는 사람에게 말해줘야 한다.

원래부터 나는 이런 사람이었다고.

대화–가장 중요한 것

친구: 요즘 너무 정신없다. 내 삶에서 무엇이 가장 중요한지, 무엇이 별로 안 중요한지 잘
　　　모르겠다. 그냥 너무 바쁘네. 회사도 일도 사람도.

나: 만약 네가 한 달밖에 못 산다면 무엇부터 할 것 같아?

친구: 글쎄 우선 회사부터 그만두겠지.

나: 누구와 함께 남은 시간을 보낼 것 같아?

친구: 당연히 가족. 그리고 사랑하는 사람들이겠지.

나: 그럼 너의 고민에 어느 정도 대답이 된 것 같은데.

회사는 언제든지 그만둘 수 있는 것으로.
가족과 사랑하는 사람은 마지막까지 절대 놓지 말아야 한다는 걸로.

나는 지금부터 네가 회사에 소홀하라는 뜻이 아니야.
네가 무엇을 할 때 가장 행복할지 한번 생각해보자는 거야.
네가 누구와 있을 때 가장 행복했는지 기억해보자는 거야.
그리고 매번 생각으로만 그치지 말자는 거야.

192

작심삼일

책 '오베라는 남자'를 읽었다.
남자 주인공인 오베는 수십 번의 자살을 시도했지만 결국 실패했다.
나도 그처럼 3일 후 죽기로 계획했다.
대신 죽기 전까지 가장 하고 싶은 것들을 마지막으로 해봤다.
가장 보고 싶은 사람들을 만났었고,
가장 가고 싶은 곳을 가보고,
가장 먹고 싶었던 걸 먹어보았다.

그리고 3일째 되는 날 깨달았다.
지금 죽기엔 하고 싶은 것도, 보고 싶은 사람도, 가고 싶은 곳도 많다는 걸.

그때부터 난 매일 아침 작심삼일로 자살을 결심한다.
삶을 마냥 버티고만 있던 내게 극단은 지금 무엇이 가장 필요한지 알려주었다.
그렇게 마지막이란 처절한 단어가 새로운 시작이란 소중한 의미를 상기시켜주었다.

9회

역시 야구는 9회부터다.
우리 인생도 배트 놓기 전까진 플레이해야지.

극적인 역전을 원하면 결국 타수에 선 나만 잘하면 돼.
나만 떨고 있는 게 아니라 인생이란 투수 당신도 떨고 있을 테니.

선택 조건의 자유

생각해보니, "당신의 선택을 존중합니다!"라고 말해놓고선
단 한 번도 그 사람이 왜 그런 선택을 했는지보다
항상 나라면 이런 선택을 했을 텐데 하곤 했다.

누군가의 선택을 이해하기 위해서는
그 사람의 상황을 먼저 생각해야 했는데
매번 내 상황에만 맞춰 이해한다 했다.

모든 선택에도 선택할 수 있는 조건의 자유가 필요한데
당연히 내게 가능한 것은, 타인에게도 가능할 수 있다고 믿었었다.

나에게 5,000원짜리 자장면과 5,500원 짬뽕은 500원 차이의 한 끼 메뉴 선택의 문
제였지만,
누군가의 500원은 비 내리는 날 10킬로그램*의 마른 종이만을 찾아야 얻을 수 있던 일
당이었음을 이제야 깨달았다.

---

* 2016년 현재 폐지 1킬로그램은 50원. 등 굽은 할머님이 하루 8시간 동안 본인의 몸무게만큼 주어
  도 2,500~3,000원밖에 벌지 못한다.

행복 2

지나 보니 알겠더라.

인간의 삶은 필연적인 것들의 확인보다
인위적인 노력들 속의 만족감이 나를 행복하게 해준다는 것을.

20년 뒤 점지해준 신부보다
직접 고백한 그녀에게 허락받은 그날이.

회사 식당의 점심 메뉴보다
직접 고른 회사 앞 중국집 자장면이.

더 행복하고 맛있었다.

"태어날 때부터 행복을 아는 사람은 없다.
다만, 행복을 평생 만들어가는 사람은 있다."

매력

이성적 매력이 떨어지고 있는 이 순간.

내가 할 수 있는 유일한 것은 책 읽기였다.

그리고 난 의학적으로도 얻기 어려운

지적인 매력을 얻게 되었다.

—

50대 한 여성이 내게 말했다.
"어느 날 거울을 보고 너무 가슴이 아팠어요. 아무리 예쁘게 가꿔봐도 주름은 늘었고,
꾸준히 운동을 했어도 몸매는 처졌더라구요."

누구나 50대의 순간은 반드시 올 텐데. 그럼 나는 무엇을 대신할 수 있을까.
당신은 지금 이 순간에도 줄어들고 있는 신체적인 매력 대신 무엇을 하겠습니까?
언제까지 당신의 아름다웠던 셀카 사진들만 바라보며 그리워할 텐가요.

지불 기대

저녁에 군밤이 먹고 싶었다.
집 앞 군밤 파는 곳에 가서 3,000원어치를 샀다.

파는 아저씨는 잘 왔단 인사도
잘 가란 인사도 없다.
그저 잘 익은 군밤을 골라 건네줄 뿐.

그다음 날 어머니께서 군밤이 먹고 싶다더라.
비싸도 꼭 뒷골목 군밤 장수에게 사야 한대서 가보았다.
군밤 한 봉지 6,000원. 집 앞 군밤의 두 배다. 아니, 집 앞은 3,000원이면 살 수 있는데.
하며 속으로 툴툴대며 군밤 장수를 바라보았다. 근데 그 군밤 장수는 복장부터 달랐다.
깔끔한 정장에 넥타이까지 매고 깍듯이 내게 인사를 했다.
포장지도 종이가 아니라 고급스러운 비닐 팩이었고, 껍질을 까서 하나씩 정량을 넣어
두 손으로 건네주었다. 그리고 "맛있게 드세요. 감사합니다"라고 감사의 인사를 했다.

집으로 돌아오는 길에 집 앞 군밤 장수를 보면서 갑자기 어제 인사 못 받은 게 생각났다.

이 이야기에서 난 두 가지를 생각해보았다.

첫째, 난 무엇을 샀는가?

내가 원한 건 잘 익은 군밤이었다. 저 두 군밤 장수는 맛있는 군밤이란 조건을 충족시켰다.

둘째, 정말 3,000원 군밤 장수는 잘못한 것인가?

사실 그때 난 잘 익은 군밤을 샀고, 맛도 좋았고 불편함 없이 집에 돌아왔다.

내 생각이 변한 건 다른 군밤, 즉 더 비싸고 서비스가 좋은 군밤을 접하고 나서 비교하게 된 것이다.

이것은 우리의 일상생활 모든 곳에 적용된다.

동네 슈퍼를 가는데 대형 마트 서비스만큼 기대하고, 동네 식당을 가면서 레스토랑 수준의 서비스를 요구하기도 한다.

최근 동네 경비아저씨에게 막돼먹은 말과 행동을 하는 주민들의 사고에는 누군가에게 이런 높은 대접을 받으려는 기대, 그리고 내가 월급을 준다는 갑으로 착각하는 못된 생각이 담긴 것이다.

우리는 스스로 한번 생각해봐야 한다.

과연 나는 평소에 3,000원을 지불하면서 정작 누군가에게 만 원 이상의 기대를 하고 있는 건 아닌지 말이다.

선진국의 조건 1

프랑스로 출장을 갔었다.
저녁 10시 공항에 도착하여 바이어가 픽업을 직접 나왔다.
어둠이 가득한 밤 시골길을 지나는데 그 짧은 길에도 네 개의 신호등이 있었다.
분명 아무도 없었지만 그는 매번 빨간불에 정지하고 대기했다.
난 물었다.
"밤에 사람도 없는데 신호를 잘 지키는군요."
그가 말했다.
"신호등이잖아요. 사람이 있든 없든 약속이니까요."
'아 이 바이어는 개인적으로 신호는 잘 지키는구나!' 생각했다.

—

그다음 날 장거리 이동을 했다.
그렇게 종일 바이어 옆에서 운전하는 것을 보았는데 이상한 점을 발견했다.
출장 일주일간 단 한 번의 클랙슨 소리를 못 들었다.
주위 어디서도 빵빵 소리를 듣지 못했고, 신호는 언제나 무조건 잘 지켰다.

—

시간이 지나 이번에는 그 프랑스 바이어가 한국으로 내방했다.

이번에는 내가 직접 공항으로 픽업을 가서 태웠다.

잘 지냈냐는 인사를 건네고 얼마 되지 않아서 그 바이어가 손가락으로 가리키며 내게 물었다.

"저 차는 왜 저러는 거죠??"

가리키는 곳을 보니 바로 옆 차가 정지선을 넘어 횡단보도 안 중앙까지 정차해 있었다.

"아. 저건 정지선을 위반한 것입니다."

그러자 바이어는 말했다.

"완전, 미친 사람이군요. 그럼 정지선이 왜 필요하죠?? 횡단보도를 건너는 사람이 본인의 가족이라도 위반했을까요??"

나는 부끄러워 더 이상 할 말이 없었다.

선진국의 조건 2

우리는 선진국이라면 높은 인당 국민총소득(GNI)과 발달된 사회 인프라를 가진 부자 나라를 생각한다.

그러나 위 기준대로라면 대한민국보다 2~3배는 높은 중동의 인당 10만 달러씩 버는 카타르나 쿠웨이트 같은 중동국가들도 선진국이어야 했다.

그래서 그 나라의 선진 문화성은 높은 수준의 소득 수준보다 암묵적인 사회 문화성. 특히 '교통문화'를 보면 알 수 있다.

그들이 규정한 상호 간의 약속을 규범이나 처벌적 단속 때문이 아니라 보이지 않는 곳에서도 나와 타인의 생명을 위해 실천하는 서로 간의 신뢰인 것이다.

개인이 잘살고, 못 사는 것과 대학을 나오고, 나오지 않은 것과 개인의 질서의식은 전혀 상관이 없었다.

위 에피소드 하나로 프랑스 그리고 선진국 전체를 말할 순 없지만, 분명한 건 한국인들이 지금 단순한 교통질서조차 잘 지키고 있는지 반성해봐야 하지 않을까 한다.

부자인 선진국이 부러운 것이 아니라

선진 시민 한명 한명의 높은 사회문화 수준이 부러운 것이다.

특히 위 안전질서의 가장 큰 아픔은 세월호 참사이다.

위급 상황 시 국가도, 해경도 심지어 배의 선원들도 어떤 구조 매뉴얼을 따르지도 않았다.

해상 조난사고 발생 때 "선박 구조를 잘 아는 사람을 현장에 급파한다"는 것은 수색구조의 제1원칙이다. 해경 수색구조 매뉴얼에도 분명히 명시돼 있다.

그렇지만 선체를 가장 잘 알고 있는 선장이 배를 먼저 버리고 그런 선장을 가장 먼저 육지로 인계한 뒤 4시간 지나서야 선장을 찾으라는 지시가 있었단다.

지금은 당시 참사의 관련자들이 책임 회피와 그냥 시간이 지나간 하나의 사건으로만 기억하고 싶을 것이다.

만약 그들 중 한 명이라도 "횡단보도의 보행자가 가족이라도 그랬겠느냐"는 그 프랑스 바이어였다면 어찌 되었을까?

나는 대한민국이 하루빨리 선진국이 되길 바라는 것이 아니라 사람이 살기 좋은 안전한 나라가 되길 바란다.

"물론 모든 긍정적인 변화의 시작은 대통령도, 정치인도 아닌 정지선을 지킨 개인들로부터 시작된다."

Kevin's second paper
공감페이퍼

반려

평생의 친구나 짝을 우리는 '반려'라고 한다.

그런 의미에서 어떤 동물에도 붙이지 않는 반려견은 '개'라는 동물의 뜻 그 이상을 의미한다.

10년 전 가족이란 울타리에 그늘이 드리운 적이 있었다.
어머니가 가진 마음의 병을 이해는 하지만 가족 그 누구도 보듬어줄 엄두를 못 냈을 때, '붕붕이'이라는 강아지가 곁에 있었다.
마침 난 군대를 가야 해서 내 빈자리까지 붕붕이가 어머니의 곁을 지켰다.
2년 후 어머니의 표정이 한결 나아졌다는 안심에 붕붕이에게 속으로만 감사했다.

여덟 살 되던 때 급성 심장병을 갖게 된 붕붕이는 가끔씩 숨쉬기를 어려워했다.
무엇이든 해주고 싶었지만, 진통제를 먹이는 것밖에 해줄 수 있는 게 없었다.

2015년 2월 17일.
설 전날 퇴근 후 집에 가보니, 현관 앞에는 열한 살 붕붕이가 꼬리를 흔들고 날 기다리고 있었다. 유난히 눈빛은 흐렸지만 날 눈에 담겠다는 의지가 너무 강해 보였다.

내가 방으로 옷을 갈아입으러 들어가자 붕붕이는 내 뒤를 따라와서 바닥에 조용히 엎드렸다.
너무 안쓰러워 내가 품에 안고 쓰다듬고서야 깊은 한숨과 함께 그 아름다운 두 눈을 감았다.

생각해보면 붕붕이는 스스로가 더 이상 버틸 수 없단 걸 알고 있었나 보다.
그래도 나를 마지막으로 보기 위해 퇴근할 때까지 사력을 다해 기다렸을 것이다.

반려에는 사실 두 가지 뜻이 있다.
하나는 위에 말한 평생의 '짝꿍'.
다른 하나는 배반하여 돌아서는 것을 뜻한다.
난 붕붕이를 통해 생각했다. "강아지라는 동물에게는 사람이 잃어버린 진정한 사랑(무조건의 사랑)을 실천하는 동물로서 반려견이란 말이 꼭 붙어야 한다."

우리는 착각한다. 주인이라는 이름으로 그들에게 복종을 얻었다고.
마치 네가 나를 더욱 좋아하기 때문에 막 대해도 된다는 폭력적 사랑의 관계처럼.
개나 고양이 같은 반려동물은 우리가 절대 키우는 게 아니었다. 함께 어울리는 것이다.
이 지구상에 같이 소풍 온 친구임을 잊지 말고 진심으로 사랑하자.
나를 평생의 친구로서 사랑해주고 떠난 붕붕이에게 감사를.

4

개인 공감, 조금은 다양하게

Who are you to judge the life I live?
I know I'm not perfect
and I don't live to be
but before you start pointing fingers,
make sure your hand are clean!

一밥 말리(Bob Marley), 《Judge Not》 중에서

하나

한 방울 없다 해도 바다 맞다.
하나 정확히 한 방울 모자란 바다 맞다.

모든 숫자도 하나부터 시작하듯
나 하나는 모든 것의 시작이다.

나는 작지만 나는 점차 커진다.
하나뿐인 나는 모든 시작의 다른 이름이다.

대개

'해야 한다' 하면 이뤄내기도 한다.
'할 수 있다' 하면 만들어낼 수도 있다.
'할까 말까' 하면 대개는 안 한다.
'하지 못한다' 하면 절대 못 한다.
'생각도 안 한다' 하면 평생 꿈만 된다.

만

나이를 먹는 게 문제가 아니라
나이만 먹을까 문제이며,

이별이 두려운 게 아니라
이별만 남을까 두려우며,

실패가 걱정인 게 아니라
실패만 반복될까 걱정이며,

넘어지는 아픔이 아니라
넘어지지만 다시 못 일어날까 겁낸다.

사귀자

"사귀자"라는 그 말을 위해 얼마나 먼 길을 걸어왔나.
반면 그 어떤 말보다 이 말만큼 솔직하고 빠른 길이 없었다.

"사귀다"란 뜻의 사전적 말은 두 가지이다.
1. 서로 얼굴을 익히고 친하게 지낸다는 것과
2. 서로 엇갈리어 지나가는 것.
-출처: 네이버 국어사전

너와 단둘이 친해지고 싶다는 약속인 반면, 언제든지 서로 엇갈릴 수 있는 이중적 의미.
요즘처럼 오늘부터 1일이란 고백이 잠시 곁을 스친 바람처럼 가벼워졌지만 사실 이 "사
귀다"는 생각보다 진중한 뜻을 가진다.

바로 사귀다의 어원이 '새기다'란 의미에서 왔기 때문이다.
시간이란 흰 도화지에 사랑이란 진심의 붓으로 서로를 새겨 넣는 것.

나의 가슴 한구석에 생살을 도려내어 너란 이름을 묻고 평생 안고 가야 하는 것.

그리고 그 이름의 흔적을 따라 그때의 안부를 내 마음대로 가끔 물어보는 것
나는 이것을 그리움이라 하고 싶다.

이 그리움 또한 '그리다'란 어원에서 왔다고 하니 얼마나 그리는 사람에 의해 자의적인
그림이 되는지 예상할 수 있다.

"사귀자"는 개인적으로 설레는 말이지만 오직 진심이 수반될 때만 해야 하는 신언(愼言). 절대 상대방에 대한 호기심만으로 열어서는 안 되는 판도라의 상자였다.

반대로 평생 내 이름 하나 누구에게도 새기지 못한다면 이 세상에 남길 그리움도 하나 없다는 뜻이 되기도 하다.

몸 따로 맘 따로

심장은 하난데 마음이 두 개고

머리는 하난데 생각은 여러 개고

다리는 두 개인데 오직 한곳만 갈 수 있네.

그래서 몸 따로 마음 따로라네.

좋은

내가 쓴 글을 다시 읽고 싶다면
좋은 글일 수 있고.

누군가 쓴 글을 늘 간직하고 싶다면
좋은 글이 아닐까.

글을 사람으로 바꾼다고 해도
분명 다르지 않다.

다시 보고 싶은 사람이라면
평생 간직하고 싶은 사람이라면

좋은 사람이다.

차라리

오직 8시간 동안 존재하는 값비싼 백화점보다
24시간 항상 그곳에 있어 주는 편의점이 낫다.

화려함을 다 준 뒤에 문 닫았던 그놈보다
시간이 흘러가도 변함없는 당신의 마음이 좋다.

오직
오시간
동안의
값비싼
백화점보다

항상
그곳에
있어줄
편의점이
낫다

217

내

내 감정, 내 삶, 내 가족, 그리고 내 여자.

이 모든 것 중 어느 하나라도 '내'를 빼는 순간
가진 전부를 잃게 한다.

'내'를 지켜라.

밤길

걷다 보니 밤이 됐다
뛰다 보니 뱀을 봤다
멈춰 보니 네가 없다

걷다 뛰다 멈춰 보니
밤에 본 뱀에 네가 없다

잡아먹혔나 보다 제길

네 이름

가지말라 붙잡아도
갈거란걸 알면서도
한번만더 잡아볼까
수백번더 다짐해도
그한마디 하지못해
괜한인연 탓만하네.

이제너를 보낼시간
더는너를 담지못해
네이름을 도려낸다.

내가슴엔 너도없고
나도없고 우린없다.

평생

너란 사람을 도저히 이해할 수 없을 것 같다.
그래서 평생 알아가기로 했다.

어차피 나도 내가 누군지 몰라
평생 알아가고 있었는데

외롭지 않고 좋네.

그림자

그림자를 사라지게 하는 것은

더 밝은 빛이 아니다.

같이 어두워지는 것이었다.

어두운 동굴 속 그녀를 구하기 위해선 밝은 횃불을 들고서 나오라고 소리칠 게 아니다.
들고 있는 횃불이 꺼지는 한이 있더라도 그 동굴 속으로 들어갈 용기가 필요했다.

내게만 보이는 그녀의 어둠을 없애려는 노력보다는
함께 어두워지더라도 그녀와 닮아보려는 노력이 필요했다.

살자

꽃이 져야 열매 맺고
겨울 지나 봄도 오지.

주름져야 사람이고
넘어져야 일어서지.

이별 뒤에 만남 있고
후회 뒤에 반성 있지.

그래야 다시 꽃도 피고, 나도 살지.

그리움

해를 그리워한 저 나뭇잎은
겁 없이 빨다가 물들다 못해 새빨갛게 타버렸다.

너도 나와 같았나 보다.

잔에 가득 부은 술처럼
넘치는 그리움이 날 취(取)한다.

새어 나온 알코올 향이 네 향수인지
혹시 몰라 술잔을 깊이 들이킨다.

너는 그새 비워졌으나
네 향기는 입가에 맴돌았다.

과정

방치(放置)의 시작은 방학(放學)이고,
방종(放縱)의 중간은 방사(放飼)이며,
방임(放任)의 끝은 방전(放電)이다.

바람이 불었다

나란 호수에
너란 바람이 분다.

아무리 스스로를 동여매어도
너의 손길이 내 온몸을 무장해제 시켜버렸다.

너는 그저 스쳐갔지만
나는 전부 벗어버렸다.

너란 바람이 나란 호수를 보듬고 지나가버렸다.

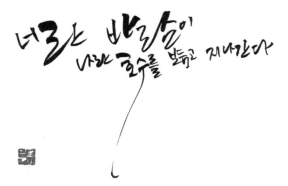

불편하게 여겨줘요

마치 길가의 이방인처럼.
나를 익숙해 하지 마요.

당신은 그들에게 친절하더이다.
당신의 익숙함이 내게는 그늘이고 경고라오.

깊은 밤이 온 세상을 덮어도 사라지지 않는 그림자처럼.
나를 보며 놀라워해 줘요.

당신의 테라스 수많은 화분들처럼.
내게 편안해지지 마요.

조금만 더 날 불편하게 여겨줘요.
당신의 모든 것이 '하고 싶음'에서 '하지 않으면'이 되어버리기 전에.

깊은 밤, 그리움을 이불 삼아 눈을 감고 잠이 든다

밤이 깊다.
심해 모랫바닥을 헤집었던 생명체라도 찢고 나올 듯 깊다.

그리움을 뿜다.
심장 좌심실 혈관 속을 방금 막 지나간 피처럼 새로운 그리움을 뿜다.

눈을 감다.
마지막 남은 메타세쿼이아 길을 당신과 걸으며 눈을 감다.

잠이 든다.
메트로놈의 박자처럼 규칙적인 당신의 심장 소리에 잠이 든다.

너였다.
깊은 밤, 그리움을 이불 삼아 눈을 감고 잠이 든다.

너
없다
깊은밤
그리움을
이불삼아
눈을감고
잠이
든다

단 하나

노래도 단 한 소절이다.
그 한 소절을 뽑아내는 것이 작곡가의 염원이다.

글도 단 한 문장이다.
그 한 문장을 쓰기 위해 수백 번 쓰고 고친다.

사람도 단 한 명이다.
너란 단 한 사람을 만나기 위해 그렇게 수많은 이들을 스쳤나 보다.

그렇게 단 하나를 위해 오늘도 우린 살아가나 보다.

표현

표현 없이 사랑하겠다는 것은
향 없는 장미꽃.

볼 수 있는 당신의 아름다움 속
증발해버린 당신의 향기.

가시에라도 묻어 있길 바란 향기
사라져간 벌과 나비들

함께 아름다워지려 하기도 전에
당신이란 향 내음이 내 코를 찌르고 목젖을 타고 흘러, 내 가슴 끝까지 차곡차곡 담겨주
길 바랐는데.

없는 처방전

시퍼런 그리움이 목젖까지 차오르면 어찌하나요.
심장을 흠뻑 적신 그리움이 흉부 밖까지 배어나오면 어찌하나요.

도대체 누가 시간은 약이라고 했나
1층 약국을 찾았더니 그런 약은 없다더라.

더는 숨 쉴 때마다 토출(吐出)되는 그리움을
감당할 수 없는 날.

2층 세탁소에 달려가서라도
터진 내 가슴을 재봉하고 싶다.

로봇

일하는 로봇에게 성실하다 하지 않듯이
인사하는 로봇에게 친절하다 하지 않듯이

감정 없는 우리의 모든 행동은
절대 아름답지 않다.

관점

컵만 보든, 내용물까지 보든
그건 당신의 선택이다.

중요한 것은 대상을 정면에서 바라볼 때
측면에서 바라볼 때
고개 들어 바라볼 때, 분명 모두 다르다는 것이다.

나를 알고 싶은 당신의 노력만큼
나를 발견하는 당신의 흥미만큼
나를 겪고 싶은 당신의 용기만큼

내가 보일 것이다.

누구나 호기심에 나를 보지만
누구는 담긴 내 깊은 향을 놓치고,
누구는 담긴 내 맛을 음미하지 못한다.

누구나 나를 볼 수 있지만
나를 다 보았다 해서는 안 되고,

누구나 나를 알 수 있지만
나를 다 안다고 해서는 안 된다.

컵 속에 담긴 침전된 커피의 찌꺼기까지
처음부터 나이며, 내 존재였다.
당신이 나를 믿었다는 것은
그 존재까지 인정하겠다는 암묵적 다짐이 필요하다.

19금-넌 나의 왕

매끈한 그놈의 속살이 탐스럽다.
한 꺼풀 한 꺼풀 벗겨낸다.
풍겨오는 너의 향기 그리고 뽀얀 속살
두 손에 담긴 너를 안고 입에 댄다.

어느새 내 입술은 달아올라
네 온몸을 깊이 입속으로 넣어본다.
아 달다.

열대과일의 왕 바나나.

시대

석기시대에는 돌이 많아야
철기시대에는 철이 많아야
자본주의 시대에는 돈이 많아야
다음 생에는 '사랑 시대'에 태어나련다.

흘러가다

저기 저 강물조차
오늘도 땀 흘리며 흘러가는데.

여기 서 있는 나는
시간 가는 대로만 흘러가는구나.

제
저
강물조차
오늘도
땀흘리며
흘러가는데 /

여기
서있는
나는
시간
가는데로만
흘러가는구ㄴ~

239

등

등 바랜 욕실 아래 널브러진 슬리퍼
정리하려 쭈그리신 아버지의 작아져 버린 등.

공원 벤치 아래 등나무 꽃향기에 놀라
울고 있던 나를 업은 어머니의 포근한 등.

우체국 등기처럼 덤덤하게 사랑을 수거하고
이별을 놓고 뒤돌아선 당신의 매정한 등.

비와 나

비가 내리면 집으로 가지 않고 놀이터 미끄럼틀 밑 처마로 달려갔다.
혼자 쭈그려 앉아 있다 보면 동네 친구들이 하나둘 둥글게 모여들었다.
서로 이름도 몰랐지만 우리는 함께 두꺼비집도 만들고,
조막손으로 흙을 파서 수로를 만들기도 했다.

그때의 비는 내게 만남의 신호였고, 관계를 차지게 만드는 꼭 필요한 존재였다.

20년이 흘러 비 내리는 날은 약속을 기피하고,
미리 했던 세차를 아쉬워하는 귀찮은 존재가 되어버렸다.

시간은 지나도 비는 변함없는데
시간을 핑계로 나만 변해버렸다.

난 너다

누군가 나를 지켜보고 있다는 찝찝한 느낌.
문득 내가 혼자임을 알게 되면 어김없이 찾아오는 너.

나의 일거수일투족을 알고 있듯이 자신 있단 너의 표정.
쭈그려 앉아 나를 조용히 응시하다 바닥에다 무언가 적는다.

이 허한 마음 누가 알아주려나.
이 멍든 가슴 누가 채워주려나.

적적한 이 밤
적나라한 나를 들킨 이 밤

그래 넌 나의 '외로움'이구나.

존재

별의 밝기가 흐리다고
꽃의 향기가 약해졌다고
별이 아니 되고, 꽃이 아니 되나.

소멸될 걸 알면서도 탄생하며,
져버릴 줄 알면서도 꽃피우듯이
죽어감을 알면서도 살아가야지.

오직 단 하나인 '나'란 존재를 위해.

바다와 소금

하늘만 볼 수 있던 바다는 평생 자신의 모습을 하늘로 착각했다.
매번 바뀌는 자신의 변덕스러운 모습에도 자신을 꾸준히 사랑했다.

잡히지 않는 갈매기를 바라보면서도
격정의 마음을 담은 비바람 속에서도
반드시 평온한 햇살의 미소는 잃지 않았다.

떨어지는 비가 본인을 희석시켜 버린다는 것을 알고 있었음에도
절대 단 한 방울의 비도 흘리지 않았다.

그렇게라도 바다는 짜디짠 소금만 남은 지금보다
차라리 소금기 없던 태초의 순수(水)를 꿈꾸었다.

팽창

진정한 남성들이여!

그곳 말고, 오직 심장이 팽창할 때.

당당히 그녀에게 다가가자.

우리 짐승 말고, 진심이 되자.

행복하지 않아도 돼

사람들에게 애써 웃음을 지어 보냈다.
가장 좋아하는 음악을 찾아 듣기도 했고,
평소 좋아했던 작가의 책을 집어 들었다.

갑자기 행복해지지 않는단 걸, 나도 알고 있다.
다만, 내가 불행하다고까지 생각하고 싶지 않았을 뿐이다.

행복하지 않다고 불행한 건 아니니깐.
딱 그 정도면 돼. 오늘은.

주인공

어떤 소설도 당신의 하루보다 실감날 수 없다.

어떤 시도 당신의 사랑보다 애절할 수 없다.

어떤 자서전도 당신의 삶보다 값질 수 없다.

최소한 그 하루와 사랑과 삶에서는 당신이 주인공이기 때문이다.

극

한번은 져봐야 1승이 달콤하고,

꼭 이별을 해봐야 사람의 소중함을 느끼며.

미친 듯이 갈증 날 때 마신 물이 가장 시원했으며,

쓰디쓴 보약을 마신 뒤 바로 먹은 초콜릿이 가장 달다.

세상의 가장 달고 맛난 것은 그것의 극에 있었다.
만약 당신이 지금 죽을 만큼 힘들다면 '달콤함'의 근처에 도착했다는 증거이다.

이유

누구에게나 각자 좋아하는 이유가 있다.

모든 남성이 다 그렇지 않듯이, 모든 여성도 다 그렇지 않다.

그럼에도 불구하고 꼭 좋아해야 하는 것이 있다.

바로 이 글을 읽고 있는 당신이다.

공감에 대한 신념

"글은 작가가 쓰지만, 위대한 작가는 독자들이 만든다"라는 신념이 제게는 있습니다.

개인적으로 독서라는 걸 하면서 느꼈던 것입니다.
'이 작가의 글은 모든 사람이 읽었으면 좋겠다'란 나누고 싶은 따뜻함.
저와 같은 독자가 많아지면 언젠가 그는 위대한 작가까지는 아니더라도 사랑받는 작가가 될 것이라 믿습니다.

그리고 그 독자들의 사랑은 반드시 그 작가를 필요한 사람으로 승격시킬 것이라 생각합니다.

전작보다 나은 후작이 없다는 징크스를 깨기 위해서 '더욱 열심히 써야지'라는 생각보다는 '조금이라도 더 집중해서 보고, 듣고, 느껴봐야지' 한 것 같습니다.

이 '공감'이란 단어는 우리가 서로 다른 생각들을 가지고 있음에도 불구하고 절대 잊지는 말아야 할 것들, 마치 각자의 삶에 치여 소홀했던 먼지 잔뜩 쌓인 보물 같은 게 아닐까요.

당신의 가슴 한편에 바쁘다는 이유만으로 미뤄놓았던 그 보물 위에 덮인 먼지를 후 불어내고 이 '0감 paper'를 키 삼아 '공감'을 상기시킬 수 있는 그런 작가가 되기를 바라봅니다.

그런 의미에서 이 책을 덮은 뒤에도 언제라도 『0감 paper』를 다시 읽어주시길 기대해봅니다.
처음보다 더욱 가까워진 친구와 재회하듯이 당신의 서재에서 기다리겠습니다.

당신의 소중한 시간을 저와 함께해주셔서 진심으로 감사합니다.

사랑 공감_ 사랑은 문신이다
직장인 공감_ 어느 30대 이야기
성인 공감_ 우리들이 사는 세상
개인 공감_ 조금은 다양하게

W r i t e r
강원상 KEVIN KANG

공감 작가
instagram/kwsfine
facebook.com/kwsfine

Calligraph
최민숙 MIN SUK CHOI

캘리그라피
instagram/su_heon_

D e s i g n
정연희 YONHUI CHONG

북디자인
카모스 디자이너
instagram/yonhui

공감
페이퍼 강원상의 두 번째 페이퍼

초판 1쇄	2016년 06월 25일
2쇄	2016년 09월 03일

지은이	강원상
발행인	김재홍
편집장	김옥경
디자인	박상아, 이슬기
마케팅	이연실

발행처	도서출판 지식공감
브랜드	문학공감
등록번호	제396-2012-000018호
주소	경기도 고양시 일산동구 견달산로225번길 112
전화	02-3141-2700
팩스	02-322-3089
홈페이지	www.bookdaum.com

가격	12,000원
ISBN	979-11-5622-189-0 03810

CIP제어번호   CIP2016013981
이 도서의 국립중앙도서관 출판도서목록(CIP)은 서지정보유통지원시스템 홈페이지
(http://seoji.nl.go.kr)와 국가자료공동목록시스템(http://www.nl.go.kr/kolisnet)에서
이용하실 수 있습니다.

문학공감은 도서출판 지식공감의 인문교양 단행본 브랜드입니다.